KB114005

FUSION FANTASTIC STORY
페리도스 퓨전 판타지 소설

죽은 자들의 왕 8

페리도스 퓨전 판타지 소설

초판 1쇄 찍은 날 § 2014년 5월 23일
초판 1쇄 펴낸 날 § 2014년 5월 30일

지은이 § 페리도스
펴낸이 § 서경석

편집부장 § 권태완
편집책임 § 이효남
디자인 § 신현아

펴낸곳 § 도서출판 청어람
등록번호 § 제1081-1-89호
등록일자 § 1999. 5. 31
어람번호 § 제1-1860호

주소 § 경기도 부천시 원미구 심곡2동 163-2 서경B/D 3F (우) 420-822
전화 § 032-656-4452 팩스 § 032-656-4453
http://www.chungeoram.com
E-mail § chungeorambook@daum.net

ISBN 979-11-316-9040-6 04810
ISBN 978-89-251-3285-3 (세트)

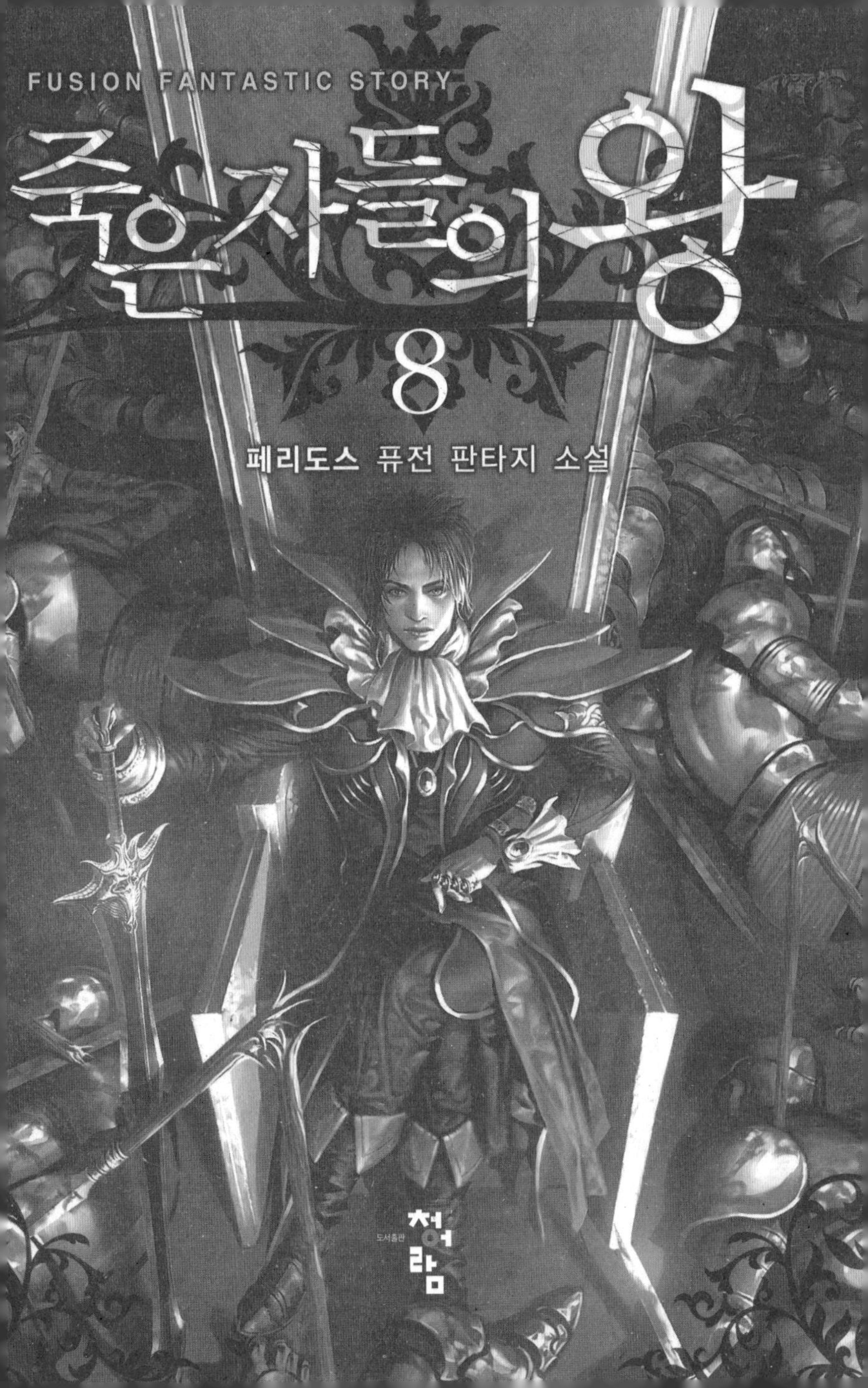
FUSION FANTASTIC STORY
죽은 자들의 왕
8
페리도스 퓨전 판타지 소설
도서출판
청어람

Contents

CHAPTER **01**
또 다른 반전

죽은 자들의 왕

"네놈들, 디로드 놈들이군."

아비게일 후작은 두 토막으로 갈라졌다 다시 붙어버리는 코로나도를 보더니 그렇게 말했다. 괴이한 모습에 놀라기보다는 역겨운 듯한 표정을 보였다.

그에 다시 원상태로 돌아온 코로나도가 비릿하게 웃으며 말했다.

"이거 놀랄 일이군. 아즈라의 소드마스터인 아비게일 후작이 에티안 인물 중 하나라니. 지금까지 잘도 숨기고 살아왔군."

디로드(Deroad)와 에티안(Etian).

두 사람은 알 수 없는 명칭을 이야기했다.

한쪽에 있던 그레이너는 그것이 어떤 조직이나 집단을 뜻하는 것임을 어렵지 않게 짐작할 수 있었다.

"네놈들이 왜 여기 있는 거지?"

"후후, 설마 대답을 기대하는 건 아니겠지… 라고 말해야겠지만, 뭐 상황을 보니 알려줘도 상관없을 것 같군. 어차피 서로의 신분을 안 이상 무슨 일을 해야 할지는 네년이나 나나 잘 알고 있으니 말이야. 너와 저 녀석을 처리하기 위해 이곳에 온 것이다."

누구를 지칭하지는 않았지만 '저 녀석'이라는 말이 그레이너를 가리키는 걸 아비게일 후작이 모를 리가 없었다. 그녀가 말했다.

"내가 여기에 오는 걸 아는 자들은 비톤 성의 귀족들뿐이다. 그 말은 네놈들이 아즈라 귀족의 신분으로 위장하고 있다는 거겠지. 그런 너희가 나와 로건을 죽이려 한다는 건 지금 자신들의 일에 방해가 된다는 건데……. 서국 연합에 붙어 있는 건가?"

"글쎄. 아무래도 그건 본인의 능력으로 알아내야 할 것 같군. 내가 그 정도까지 말해줄 리가 없잖아? 후후후."

"……."

아비게일 후작은 건들거리는 코로나도를 노려봤다. 눈에서 뿜어져 나오는 안광이 마치 눈빛을 통해 그의 생각을 읽어내기라도 하겠다는 듯한 모습이었다.

강렬한 시선에 고개를 돌릴 수도 있건만, 코로나도는 비릿한 미소로 눈빛을 마주했다. 아비게일 후작의 모습이 위압적이었지만 전혀 겁먹은 모습이 아니었다.

한편, 한쪽에 자리한 그레이너는 두 사람을 바라보며 생각에 잠겨 있었다.

아비게일 후작의 추론이 어느 정도 맞기는 했지만 그녀가 모르는 것이 있었다. 코로나도와 시한은 비톤 성이 아닌 자신과 함께 있었다는 것이다. 즉, 그들은 그녀가 이곳에 나타날 것을 전혀 예상하지 못했다는 뜻이었다.

이들은 부상을 이유로 이곳을 떠날 생각이었고 자신을 네바로 왕국의 소드마스터들을 이용해 처리할 의도였을 것이다. 그것이 아비게일 후작의 등장으로 일이 틀어졌고 결국 그 때문에 직접 나선 것이 분명했다.

더구나 중요한 건, 이들이 신분을 드러냄으로 해서 그레이너가 두 사람의 진정한 정체를 알아챘다는 것이다.

그것은 그를 고민하게 만들었다.

이들을 상대하기 위해선 자신도 본 신분을 드러내야 하기 때문이다.

두 사람의 대화는 계속 되었다.

"그래. 네놈 말이 맞다. 그건 내가 알아내면 되겠지. 디로드가 아즈라에 침투하고 있다는 걸 안 이상 내 눈에서 벗어날 수는 없을 테니."

"훗, 그거야 네년이 이곳에서 살아나갔을 때 가능한 이야기겠지. 당연히 그럴 가능성은 조금도 없지만 말이야."

"너 따위가 날 어떻게 할 수 있다 생각하나?"

"크크, 자신을 과신하는 군. 그들에게 어떤 권능을 부여받았는지 모르겠지만 그 자신감이 사라지는데 오랜 시간이 걸리지 않을 것이다. 나에겐 전혀 소용이 없을 테니."

"글쎄, 그건 두고 보면 알겠지."

그러며 아비게일 후작의 기세가 달라졌다.

전투를 시작하려는 것이다.

그에 기다렸다는 듯 코로나도 역시 자세를 잡았다.

"어디 누구 말이 맞는지 보자고."

슈악!

그 말과 함께 코로나도의 신형이 쏜살같이 아비게일 후작을 향해 움직였다.

얼마나 빠른지 눈으로 쫓기 힘들 정도였다.

코로나도와의 거리가 순식간에 좁혀졌지만 아비게일 후작은 당황하지 않았다.

스윽.

그녀는 왼팔을 들어 올렸다.

손바닥이 달려오는 코로나도를 향했는데 순간,

푸화악!

손에서 빛이 나더니 주먹만 한 황금 빛줄기가 일직선으로 코로나도에게 들이닥쳤다.

퍼퍽!

푸쾅!

황금빛줄기는 코로나도의 배를 뚫고 지나가는 것도 모자라 뒤에 있는 나무까지 가격했다.

그에 나무가 밑동이 박살 나면서 곤두박질 쳐버렸다.

"후후!"

한데 나무 모습과 다르게 코로나도는 미소를 짓고 있었다.

배에 구멍이 뚫리는 상처를 입었음에도 고통스런 표정은 커녕 오히려 공격을 시도하고 있었다.

씩!

코로나도는 아비게일 후작의 가슴을 찔러갔다.

그런데 검 모양 때문인지 소리가 거의 들리지 않았다.

거의 바늘처럼 뾰족한 검이었기에 공기의 저항이 전혀 없었던 것이다.

덕분에 검의 속도는 더욱 빨랐고 공격은 소름끼칠 정도로 은밀했다.

쉬익!

챙!

아비게일 후작은 간단하게 그것을 쳐냈다.

하지만 반격을 하지는 못했다.

코로나도의 검이 특이해서인지 쳐냈음에도 큰 충격 없이 바로 공격이 들어왔기 때문이다.

"크크크!"

코로나도는 음침한 미소와 함께 계속 가슴을 공격했다.

그것도 가운데 심장이 아닌 좌우 젖가슴을 번갈아가며 공격을 시도했다.

여자로서의 수치심을 이용해 아비게일 후작의 심리부터 무너뜨리려는 것이다.

하지만 아비게일 후작은 단단했다.

코로나도의 의도는 조금도 먹혀들어가지 않는지 어떠한 감정의 변화도 보이지 않았다.

오히려 그 틈을 이용해 반격을 시도했다.

푸화악!

검으로 공격을 막는 와중 또다시 왼손에서 황금 빛줄기가 쏘아졌다.

이번엔 오른쪽 다리를 향했다.

퍼벅!

역시나 코로나도는 이번에도 피하지 않았다.

황금 빛줄기가 그의 허벅지를 꿰뚫었고 주먹 크기의 구멍을 남겼다.

당연히 피가 철철 흘러나왔지만 코로나도는 전혀 괘의치 않았다.

그 이유는 얼마 가지 않아 알 수 없었다.

슈욱!

갑자기 코로나도의 배와 허벅지에 있던 상처들이 완전히 사라졌다.

아니 사라진 게 아니라 이전의 온전했던 상태로 말끔히 돌아왔다.

"……!"

그것을 본 아비게일 후작의 눈썹이 꿈틀거렸다.

코로나도가 보인 현상은 괴이한 것이었다.

한참 동안 팠던 구덩이가 눈을 깜빡인 순간 매워진 것처럼 상처가 일순 없었던 것 마냥 말끔해졌기 때문이다.

그것도 그냥 말끔해진 게 아니라 코로나도의 갑옷까지 공격을 당하기 전으로 깨끗이 복구되었다.

기이하고 믿기지 않는 상황에 코로나도가 득의한 웃음을 흘렸다.

"놀랐나? 그러게 내가 아까 말했잖아. 네 능력이 무엇이든 내겐 전혀 소용이 없을 거라고. 흐흐."

씨식!

코로나도는 말을 꺼냄과 동시에 검을 찔렀다.

아비게일 후작은 그것을 쳐내며 다시 왼손으로 빛줄기를 쏘아냈다.

하지만 역시나 코로나도는 피하지 않았고 계속 공격을 시도했다.

당연히 그는 상처를 입었지만 얼마 지나지 않아 좀 전과 똑같이 본래대로 돌아왔고 그는 더욱 득의한 모습을 보였다.

그러자 아비게일 후작의 눈빛이 변했다.

그녀는 무언가를 결심했는지 갑자기 앞으로 나섰다.

씩!

코로나도의 검이 그녀의 목을 향했다.

하지만 아비게일 후작은 방어를 하지 않았다.

그 행동에 코로나도의 얼굴에 맺혀 있던 득의함이 순간 지워졌다.

푸우욱!

그의 검이 아비게일 후작의 목을 쑤시고 들어갔다.

검은 정확히 경추의 척추뼈를 박살 내고 내부의 척수신경을 가닥가닥 파열시켰다.

그리곤 목을 뚫고 뒤로 빠져나왔다.

격한 움직임 속에서도 코로나도의 공격은 소름끼칠 정도로 정확했다.

스윽!

그런데 아비게일 후작의 표정엔 변화가 없었다.

끔찍한 고통뿐 아니라 사망에 이를 정도의 심각한 상처임에도 평온 그 자체였다.

더욱 놀라운 건 그녀는 오히려 더 가까이 다가섰다는 것이다.

우드득.

당연히 코로나도의 검은 그녀의 목 내부를 더욱 심하게 부서버렸다.

하지만 아비게일 후작은 거침이 없었다.

그에 코로나도가 상황을 파악하려는 찰나의 순간,

턱!

아비게일 후작의 왼손이 갑자기 코로나도의 턱을 잡았다.

그러더니,

푸콰!

엄청난 폭발음과 함께 두 사람 사이에서 황금빛이 터져나갔다.

휘이익!

하나의 인영이 뒤로 튕겨져 나갔다.

그 인영이 누구인지는 금방 알아차릴 수 있었다.

바로 코로나도였다.

한데 날아가는 그의 신체가 끔찍했다.

머리가 없었다.

아니 머리뿐만이 아니었다.

머리에서 이어져 목, 어깻죽지 부분까지 흔적도 없이 사라져 있었다.

방어를 도외시한 아비게일 후작의 공격에 상상도 못할 치명타를 입을 것이다.

그런데 놀라운 것은 그것이 아니었다.

진짜 경악할 만한 일은 다음에 벌어졌다.

휘리리릭!

타탁!

머리 없는 코로나도의 몸이 허공에서 공중제비를 돌더니 바닥에 착지했다.

그 모습이 너무나 가뿐해 마치 온전한 사람의 신체로 착각할 정도였다.

즈즈즈즈!

그러더니 이윽고 코로나도의 몸에서 이상한 현상이 일어났다.

머리 부분에 실루엣 같은 것이 생겨나더니 서서히 어떤 형태를 이루는 것이 아닌가.

그것은 바로 아비게일 후작의 공격에 사라졌던 코로나도의 신체였다.

"크크크, 이거 재밌군."

이내 코로나도의 모습이 온전하게 돌아왔고 그는 아비게일 후작을 보며 비릿한 웃음을 지었다.

그 이유는 아비게일 후작에게도 믿기지 않는 일이 벌어지고 있었기 때문이다.

우드드득!

스르르르르……

아비게일 후작의 목에 난 상처가 서서히 아물고 있었다.

즉사에 가까운 공격을 받았던 그녀의 몸이 순식간에 치유되고 있었던 것이다.

박살이 났던 뼈가 제자리로 움직였고 끊어졌던 신경과 파였던 살가죽이 다시 이어지면서 원상태로 돌아갔다.

그러더니 결국 그녀의 몸도 코로나도와 마찬가지로 언제 공격을 당했냐는 듯 깨끗하게 상처가 나았다.

완전히 치유가 끝날 때까지 지켜본 코로나도가 입을 열었다.

"설마 비슷한 능력을 가졌을 줄이야. 이거 참 공교로우면서도 웃기는 상황이군."

코로나도는 흥미로운 시선을 보였다.

그도 이런 경우는 처음인지 신선하다는 반응을 나타냈다.

반면 아비게일 후작은 아무 말도 하지 않았다.

하지만 그녀 역시 생각지 못한 상황인지 눈빛이 약간 달라져 있었다.

"복원과 재생의 대결이라."

한편, 한쪽에서 지켜보던 시한은 묘한 웃음을 흘렸다.

한데 그의 입에서 이상한 말이 나왔다.

복원과 재생.

복원과 재생이라니, 그게 무슨 말일까?

그레이너는 그 의미를 알고 있었다. 복원은 코로나도, 재생은 아비게일 후작.

바로 두 사람의 능력을 말하는 것이었다.

두 사람은 전투 중 살아 남기 힘들 정도의 부상을 입었지만 아무렇지 않게 회복이 되었고 그 이유가 바로 복원과 재생 능력 때문인 것이다.

복원과 재생, 두 능력은 비슷한 힘이었다. 둘 모두 원래대로 회복하는 성질인 것이다.

간단하게 보면 두 힘은 거의 똑같지만, 사실 자세히 보면 중요한 한 가지가 완전히 달랐다. 복원은 원래 상태로 돌아가지만 외부의 무언가를 가져와 이전 상태로 되돌아가게 하는 것, 재생은 내부에 있는 자신의 힘으로 치유 효과를 일으켜 자연적으로 원래대로 돌아가는 것을 뜻했다.

외부의 힘과 내부의 힘.

이것이 두 힘의 다른 점인 것이다.

아비게일 후작은 본인의 힘으로 자신을 치료하는 것이고, 코로나도는 자신이 아닌 다른 무언가의 힘에 의해 회복을 하는 것이다.

그렇다면 여기서 의문이 생겼다.

코로나도는 어떻게 된 것일까?

외부의 힘에 치유된다는 복원 능력을 가진 그는 어째서 자가 치유를 한 것처럼 저절로 회복을 한 것일까.

'아마도⋯⋯.'

그레이너는 어느 정도 짐작이 갔다.

문제는 아비게일 후작이 그것을 알아챘느냐였다.

지금 그녀의 모습을 봐서는 알 수 없었다. 만약 그녀가 파악하지 못했다면, 아마 힘든 싸움이 될 것이 분명했다.

이윽고 코로나도가 능글스럽게 말했다.

"우연도 이런 우연이 없군. 설마 비슷한 능력을 가진 상대를 만날 줄이야. 정말 예상 밖이군."

"⋯⋯."

"하지만 이로 인해 누가 이길지는 확실해졌군. 난 네년을 어떻게 상대할지 알지만 넌 그걸 모를 테니 말이야."

코로나도는 득의했다.

충분히 그럴 만했다. 아비게일 후작은 그를 공략할 방법을 모르겠지만 그는 알았으니 말이다.

"그럼 다시 시작해 보자고."

슈욱.

그 말과 함께 코로나도가 다시 움직였다.

씩!

그는 순식간에 아비게일 후작 지척에 도착했고 공격을 시도했다.

쉬악!

하지만 먼저 움직인 건 아비게일 후작이었다.

그녀는 코로나도가 지면에서 발을 떼자마자 검을 휘둘렀다.

서걱!

코로나도의 가슴이 베였다.

너무나도 간단히.

하지만 아비게일 후작은 만족스런 반응을 보이지 않았다.

그 이유는 다음에 벌어진 일 때문이었다.

푸푸푸푹!

작은 소리와 함께 아비게일 후작의 어깨가 흔들렸다.

아비게일 후작은 뒤로 물러나 자신의 왼쪽 어깨를 바라봤다.

어깨에 작은 구멍 여러 개가 뚫려 있었다.

코로나도의 짓이었다.

그가 자신의 몸이 베이는 것을 상관하지 않고 그녀를 공격한 것이다.

"후후후."

코로나도는 음침한 웃음과 함께 다시 공격에 들어갔다.

아비게일 후작 역시 가만히 있지 않았다.

푸푸푸푸푹!

서걱! 스가각!

그렇게 시작된 두 사람의 전투는 눈살이 찌푸려질 정도로 보기 힘든 것이었다.

두 사람은 방어를 하지 않았다.

오직 공격만을 시도했다.

당연히 두 사람의 몸에 수많은 상처가 생겼지만 그들에겐 문제가 되지 않았다.

얼마 되지 않아 순식간에 치유가 됐기 때문이다.

해서 어떻게 보면 쓸데없는 소모전으로 보이기도 했지만 두 사람은 전혀 괘의치 않고 상대를 공격해갔다.

그레이너는 이런 전투가 펼쳐지는 이유가 코로나도 때문임을 알 수 있었다.

코로나도는 방어를 무시한 채 공격만을 시도했다.

그의 그런 행동에 아비게일 후작은 자연히 따라갈 수밖에 없었다.

공격이 들어온다고 방어에 치중하면 그녀는 아무것도 할 수 없게 되기 때문이다.

그리고 그녀가 피할 이유도 없었다.

재생 능력이 있어 상처가 생기는 것 따위는 문제가 되지 않지 않은가.

하지만 그것이 바로 코로나도의 의도였다.

아비게일 후작의 몸에 상처를 내는 것.

'재생은 내부의 힘에 이루어지고, 만약 그 힘이 다 소진된 다면… 더 이상 재생은 이루어지지 않는다.'

코로나도는 재생 능력을 파악하자마자 공략 방법을 알았

고 즉시 실행에 들어간 것이다.

코로나도 역시 힘이 소진되지 않냐 볼 수도 있지만 그는 아비게일 후작과 달랐다.

공격과 재생, 모두 자신의 힘을 소모해야 하는 아비게일 후작과 달리 그는 공격에만 힘을 소모하면 되기 때문이다.

복원은 다른 힘에 의해 유지되고 있었다.

그런 이유로 코로나도에 비해 아비게일 후작은 두 배로 자신의 힘을 소모하고 있었고, 이런 식으로 전투가 계속된다면 어떤 결과가 나올지는 뻔해 보였다.

"자, 저쪽은 시간이 좀 걸릴 듯하니 그 사이 우리 일을 마무리해 볼까?"

그때 그레이너에게 누군가가 다가왔다.

바로 시한이었다.

시한은 여유로운 미소를 띠고 있었다. 한데 그 미소는 이전까지 그가 보이던 그런 미소가 아니었다.

단순하고 우직해 보이던 모습은 온데간데없고 간교하고 건들거리는 분위기가 주변을 자리 잡고 있었다.

그 모습이 너무나도 자연스러운 것으로 보아 아마도 이것이 그의 본 모습임을 어렵지 않게 짐작할 수 있었다.

시한은 어느 정도 거리에 자리를 잡더니 두 손을 허리 뒤로 돌려서는 무언가를 꺼내들었다.

스윽.

이윽고 모습을 드러낸 그의 양손에는 도끼가 하나씩 들려 있었다.

도끼는 크지 않았다. 한 손에 쥘 수 있는 손도끼(hatchet)로 특이하게 머리 부분이 각각 노란색과 붉은색으로 이루어져 있었다.

분명 금속으로 보이는데 왜 그런 색을 가지게 됐는지 의아함을 자아내게 했다.

슈르륵!

슝슝!

시한은 양손에 쥔 도끼를 손가락으로 가볍게 돌렸다.

워밍업 같은 행동이었는데, 너무 가뿐한 것이 도끼에 무게감이 느껴지지 않을 정도였다.

"난 처음부터 네놈이 마음에 들지 않았다. 네놈 때문에 틀어진 일이 한두 가지가 아니었거든. 그 때문에 일을 수습하는 것은 물론 이렇게 직접 나서기까지 해야 했으니까. 그런데 지금은 아주 마음에 들어. 왠지 아나?"

"……."

시한의 한쪽 입꼬리가 올라갔다.

"비슷한 상황에 처했던 다른 놈들과 달리 귀찮게 질문을 하지 않거든. 조용히 자신의 상황을 받아들이는 네 행동이 내 마음에 들었다. 그러니……."

차착.

시한이 돌리던 도끼를 멈추고 바로 잡았다.

"상으로 고통을 느낄 사이도 없이 죽여주마."

쉬익!

말이 끝나기 무섭게 시한의 신형이 벼락같이 튕겨져 나갔다.

그는 단 두 발자국 만에 그레이너 앞에 도착했다.

그리곤,

쑤앙!

오른손에 쥔 노란 도끼를 내질렀다.

그레이너는 막지 않았다.

뒤로 물러나며 피했다.

타탓!

그에 시한은 다시 한 발자국 앞으로 갔다.

그러며 이번엔 왼손에 쥔 붉은 도끼를 내질렀다.

그레이너는 이번에도 막지 않고 뒤로 물러섰다.

"오호!"

그에 시한이 의미를 알 수 없는 감탄을 터뜨리더니 오른손을 휘둘렀다.

한데 그 방향이 이상했다.

그레이너가 아닌 자신의 붉은 도끼를 향하는 것이 아닌가.

이내 노란 도끼가 붉은 도끼를 내려쳤다.

떵!

그러자 스파크가 일어나며 붉은 도끼가 진동을 일으켰다.

그러더니 순간,

푸콰콰콰콰!

드래곤의 브레스를 연상시키는 거대한 불길이 토해졌다.

그 불길은 주변을 집어삼켰다.

그레이너까지도.

CHAPTER **02**

블랙8 그레이너

죽은 자들의 왕

우지지직!

쿠당탕탕!

붉은 도끼에서 뿜어진 불길에 주변은 초토화가 됐다.

주변 나무들이 불타는 것은 물론 토해진 힘 때문에 나무가
부러지며 쓰러지기까지 했다.

덕분에 가려졌던 시야가 확 트일 정도였다.

그런 와중 그레이너의 모습이 보이지 않았다.

흔적도 없이 사라진 상태였다.

불길이 얼마나 강했는지 마치 순식간에 재가 되어 흩날린
것처럼 아무것도 없었다.

남은 거라곤 뜨거운 불길에 우그러진 그의 검뿐.

"시원하군."

시한은 미소를 지었다.

그는 이런 결과가 나올 것을 어느 정도 예상한 듯했다.

네바로 왕국의 세 소드마스터와 싸운 후였던 그레이너 아닌가.

힘도 상당히 소모가 된 데다 도끼의 힘에 이길 수 없는 것이 당연하다 여긴 것이다.

이내 시한은 도끼를 다시 허리춤에 집어넣으려 했다.

그런데 순간,

"……!"

갑자기 그의 눈이 커졌다.

부웅!

시한은 집어넣으려던 노란 도끼와 붉은 도끼를 빼서는 다급하게 동시에 마주쳤다.

따아앙!

그러자 귀를 찢을 듯한 굉음과 함께 그를 중심으로 동그란 막이 생겨났다.

그리고 막이 생김과 동시에 무언가가 그를 덮쳤다.

쫘자자자자작!

그것은 시커먼 가시였다.

것도 한두 개가 아닌 수십 개가 시한 하나를 중심으로 감싸

듯 들이닥쳤다.

떠더더더더덩!

찰나의 차이로 인해 가시는 방어막에 막혔다.

시한이 조금만 늦었다면 온몸이 꿰뚫렸을 것이다.

주아아악!

그런데 무력화된 가시의 움직임이 이상했다.

공격이 실패하자마자 갑자기 연체동물처럼 흐물거리더니 방어막을 둘러싸는 것이 아닌가.

마치 끈적이는 기름덩어리처럼 순식간에 방어막 전체를 감싸버렸다.

우드득!

그러더니 이번엔 압력을 가하기 시작했다.

그 힘이 얼마나 강한지 순식간에 방어막이 우그러지며 뒤틀렸다.

한데 그때,

푸확!

푸화아아!

갑자기 사이사이에 구멍이 송송 뚫리며 불길이 뿜어져 나왔다.

그러다 순간,

빠방!

압축된 공기가 터지는 듯한 굉음과 함께 폭발이 일어났다.

그 여파로 방어막을 감싸던 검은 물체가 순식간에 사방으로 튕겨나갔다.

더불어 안에 있던 시한의 신형도 밖으로 빠져나왔다.

"크하하하하하!"

시한은 안전하게 몸을 피하자마자 광소를 터뜨렸다.

그는 자신을 공격해 온 방향을 바라보더니 희열과 놀람 가득한 얼굴로 소리쳤다.

"정말 놀랍군, 정말 놀라워!"

시한의 시선이 닿은 곳에는 한 사람이 서 있었다.

검은 소용돌이에 둘러싸인 누군가.

바로 그레이너였다.

시한은 그레이너를 향해 '씨익' 하고 미소를 지었다.

그리곤 말했다.

"블랙8, 오랜만이구나."

*   *   *

블랙 클라우드는 최고의 어쌔신 길드라는 명성만큼이나 엄청난 실력의 어쌔신들을 보유했었다. 그 수 역시 상당해 감히 다른 어쌔신 길드들은 블랙 클라우드의 위치를 넘보지 못했다.

하지만 잘 알려지지 않은 것이 있었으니, 세상에 모습을 드러냈던 블랙 클라우드의 어쌔신은 최고의 실력자들이 아니었다.

블랙 클라우드의 진짜 실력자이자 힘은 바로 상위 10명인 모르템(Mortem)이었다.

모르템은 죽음들이란 뜻으로 블랙 클라우드 내에선 경외의 대상이나 다름없는 존재들이었다.

블랙 클라우드 내에선 블랙1부터 블랙10으로 불린 그들은 각각 특이한 능력을 가지고 있었다. 그 능력은 모두 상상하기 힘들 정도로 강력한 것들로 단 한 명의 능력만으로도 웬만한 전투 부대 하나쯤은 간단히 몰살시킬 정도였다.

그런 모르템의 존재로 인해 블랙 클라우드는 어쌔신 세계의 정상에 군림할 수 있었고, 오랜 시간 명맥을 유지할 수 있었던 것이다. 서국 연합의 공격이 있기 전까진.

한데 그런 모르템에겐 의외인 점이 한 가지 있었다.

모르템은 블랙 클라우드라는 단체의 한 일원이자 동료였지만 철저히 자신들의 능력에 대한 정보를 숨겼다. 어쌔신이라는 신분의 특성상 그럴 수도 있지만 사실 진짜 이유는 따로 있었다.

바로 파벌.

내부에 파벌이 존재했기에 한 길드원임에도 서로를 경계했던 것이다.

파벌은 두 사람을 중심으로 이루어져 있었다.

블랙1과 블랙2.

그들에게 붙은 숫자가 말해주듯 두 사람은 모르템에서 중추적인 인물들이었고 각각 상당한 세력과 힘을 보유하고 있었다.

블랙1과 블랙2를 구심점으로 모르템의 어쌔신들이 나눠졌고 서로 보이지 않는 싸움을 벌였다. 그 싸움 중 하나가 서로의 능력을 파악하는 것이었다.

두 파벌은 철저히 숨기고 철저히 파헤쳤다. 어떻게든 조금이라도 상대 파벌보다 더 정보를 얻기 위해 치열한 싸움을 펼쳤다.

그런 싸움 덕분에 두 파벌은 서로 어느 정도의 능력을 가지고 있는지 파악했다. 완벽히 알아내진 못했지만 서로 윤곽정도는 확인한 그들이었다.

그렇기에 그레이너는 자신의 능력인 '그림자 군주'를 드러냈다.

왜냐하면 그러지 않으면 시한을 상대할 수 없기 때문이다.

시한은 바로 블랙 클라우드의 또 다른 모르템, 블랙9였던 것이다.

"허, 놀랍군. 길드가 무너지던 그날 이후 완전히 흔적을 숨기더니 이런 식으로 만나게 될 줄이야, 생각지도 못했군."

시한, 즉 블랙9는 반가운 표정으로 말했다.

의외의 상황에 놀란 듯했지만 냉소적인 태도는 사라지지 않은 시한이었다.

그 말에 드디어 그레이너도 입을 열었다.

"그렇군."

"이렇게 가까이에 옛 동료를 두고도 전혀 몰랐다니, 어째 신이라는 신분이 참 웃긴 상황을 만들기도 하는군. 그렇지 않아, 코로나도?"

한편, 아비게일 후작과 코로나도의 전투는 잠시 멈춘 상태였다.

그레이너와 시한의 전투에서 일어난 소란에 두 사람의 시선이 갈 수밖에 없던 것이다.

"그러게 말이야. 반갑군, 블랙8. 아, 이제는 암호명이 아닌 이름을 불러줘야 하나, 그레이너?"

"……."

코로나도가 진짜 이름을 알고 있었지만 그레이너는 동요하지 않았다. 그 역시 두 사람의 이름과 정보를 알고 있었기 때문이다. 그 정도는 놀라운 것이 아니었다.

두 사람 중 먼저 시한의 진짜 이름은 텁이었다.

텁은 모르템에서 그의 바로 밑인 블랙9의 암호명을 가지고 있었다.

숫자 1 차이인만큼 텁과 그레이너는 인연이 많았다. 그레이너에게 가장 시비를 많이 건 자가 바로 텁이었던 것이다.

모르템이 되면 숫자가 의미 없다곤 하지만 완전히 신경이 쓰이지 않는 것은 아니었다. 결국 다른 사람들이 봤을 때는 한 단계 아래로 보이기 때문이다.

그런 이유로 텁은 그레이너에게 시비를 걸어 자신의 강함을 증명하려했고 그레이너는 언제나 그것을 무시했다.

그레이너는 텁의 행동을 받아줄 이유가 없었다. 암호명은 싸움으로 정해지는 것이 아니라 오직 길드마스터인 로젠블러의 결정에 의해 지정되기 때문이었다.

텁 역시 그걸 알지만 감히 로젠블러에게 항의를 할 수 없었다. 때문에 그레이너와 싸움을 해 로젠블러에게 자신이 더 강하다는 것을 보여주려 한 것이다.

그렇게 많이 부딪친 만큼 그레이너는 모르템 멤버 중 텁을 가장 잘 알고 있었다. 그의 능력까지도.

텁의 능력은 불젠 도끼(Bullzen hatchet)를 사용할 수 있는 신체였다.

불젠 도끼는 텁이 사용하는 특수한 마법 무구로 펜트란(Pentran)이란 이름의 광석으로 만들어졌다.

펜트란은 상당한 희귀 광물로 원소에 친화적이고 자체적인 마나를 품고 있었다. 때문에 마법 아이템이나 무구를 만들면 굉장히 뛰어난 효율을 기대할 수 있었는데 어떤 성질 때문에 그럴 수가 없었다.

펜트란 광석 속에 품어져 있는 마나는 굉장히 이질적인 것이었다. 마나에 독성이 있거나 해로운 기운이 있는 것은 아니었는데, 특이하게 광석에 접촉한 사람에게 전이하는 성질이 있었다.

이 성질로 인해 접촉자에 마나가 옮겨지고 그것은 곧 원래 가지고 있는 마나와 뒤섞여 신체 내부를 불안정하게 만들어 버렸다.

그것이 최악의 경우 마나홀을 붕괴시키는 결과까지 만들어 버리는 것이다.

바로 그런 성질 때문에 펜트란 광석은 뛰어난 효율을 알면서도 아무도 사용하지 못하는 광물이 되었고, 오히려 기피하게 되었다.

한데 텁은 펜트란의 성질에 문제가 없는 신체를 가지고 있었다. 어떤 방법으로 그리 된 건진 알 수 없지만, 그 이점을 이용해 그는 펜트란으로 무기를 만들었고 그것이 바로 그가 사용하는 불젠 도끼였다.

불젠 도끼엔 원소 마법이 장착돼 있는데 그 위력이 어마어마한 것으로 알려져 있었다.

방금 한 번 부딪쳐 본 결과 그 정보는 사실이었다.

'그리고 브로디…….'

코로나도의 원래 이름은 브로디였다.

그는 그레이너보다 두 단계 높은 블랙6으로 아비게일 후작과의 전투에서 보인 대로 복원 능력을 가지고 있었다.

그레이너가 알아낸 바에 의하면 복원 능력은 거의 무적에 가까운 것이었다.

심장을 꿰뚫고 머리를 박살 내도 브로디를 죽일 순 없었다. 복원 능력 때문인지 생명에 전혀 문제가 없었고 그것은 적을 암울하고 공포스럽게 만들기 충분했다.

그렇다면 약점이 없는 것이 아닌가 여길 수 있는데, 그레이너가 알기론 한 가지가 있었다.

아비게일 후작이 그것을 알아낼 수 있을지 모르겠지만 두 사람의 전투가 힘들게 진행될 것은 예상 가능했다. 아비게일 후작의 재생 능력도 복원 능력과 마찬가지로 만만치 않은 것으로 보이니.

"길드가 무너지자마자 사라졌기에 어디로 갔나 했더니 이런 식으로 숨어 있었었군. 그동안 잘 지냈나?"

아비게일 후작과 대치를 한 상태에서 브로디가 물었다.

갑작스런 상황 때문인지 아비게일 후작은 조용히 그것을 지켜보기만 했다.

"보시다시피."

"네 흔적이 사라졌다는 소식을 듣고 어느 정도 예상했었지. 길드를 떠났다는 걸. 그런데 이렇게 다시 만나는 군. 그것도 적으로 말이야. 후후."

"……."

"뭐 오랜만에 만났지만 해후를 할 만 한 상황은 아닌 것 같고, 이유가 뭐냐?"

"이유?"

"다 아는 사이에 쓸데없이 심력을 소모시키지 말자고. 내가 뭘 묻는지 알잖아?"

"……."

그레이너가 말이 없자 이내 텁이 입을 열었다.

"네 녀석은 우리를 떠났다. 그 말은 이쪽 세계에서 손을 뗐다는 것이지. 결국 네가 로건이란 이름으로 이 자리에 있는 건 의뢰가 아닌 걸 뜻한다."

브로디가 고개를 끄덕였다.

"그렇지. 그렇다면 다른 이유 때문이라는 건데 네 성격에 정의를 위해 아즈라 왕국을 돕는 건 아닐테고, 결국 개인적인 이유라는 건데 도대체 그게 뭐지?"

"……."

그 질문에 아비게일 후작의 시선까지 그레이너를 향했다. 아군이라 생각했던 사람이 의도가 있는 자로 보이는 데다 적들과 관련이 있는 것으로 확인되니 그녀 역시 상황을 지켜보는 것이다.

그레이너는 무표정하게 대답했다.

"내 대답이 뭔지는 알 것 같은데."

"침묵이라 이건가? 그게 어떤 결과를 불러올지 모르진 않을 텐데?"

브로디의 말과 함께 텁이 한 발자국 앞으로 나섰다. 말하지 않으면 살아남지 못할 거라는 무언의 의미인 것이다.

그것을 알면서도 그레이너는 또 다른 어떠한 말도 하지 않았다.

그게 무슨 뜻인지 모를 브로디와 텁이 아니었다.

"호의를 베풀려 했는데 할 수 없군. 원래 계획대로 처리하는 수밖에. 시한."

"알았다, 내 손으로 끝내지."

"자, 그럼 우리도 다시 시작할까?"

텁의 대답이 끝나기 무섭게 브로디는 아비게일 후작을 공격해 갔고 두 사람의 전투는 다시 시작됐다.

텁은 그것을 보고는 이내 그레이너를 향해 비릿한 미소를 지었다.

"운명이란 게 참 묘하군. 예전에 그렇게 결투를 벌이려 해도 성사가 되지 않았던 너와 나인데."

"……."

"길드가 사라진 지금 우리의 결투에 대한 의미는 사라지긴 했다. 하지만 널 죽임으로서 증명은 할 수 있을 것 같군. 결국 강한 사람은 나였고, 우리에게 붙었던 암호명은 잘못된 것이었단 걸."

그레이너는 대답 대신 텁을 주시했다.

텁이 그를 향해 천천히 다가오고 있었기 때문이다.

"너와 내 실력 차이를 오늘 확실히 알게 해주마."

타탓!

그 말을 끝으로 텁이 본격적으로 움직이기 시작했다.

슈슈슈슉!

먼저 공격을 시작한 건 그레이너였다.

그의 몸 주변을 회전하던 검은 회오리가 달려드는 텁을 향해 화살처럼 쏘아졌다.

"흥!"

따앙!

텁은 코웃음을 치며 두 도끼를 동시에 마주쳤다.

그러자 또다시 보호막이 만들어졌다.

검은 회오리는 보호막을 뚫지 못하고 튕겨졌다.

스륵!

그 사이 텁은 그레이너의 지척에 도착했다.

쑤앙!

쑤웅!

텁은 즉시 왼쪽 무릎과 옆구리를 공격했다.

탓!

그레이너는 반격하지 않고 물러났다.

텁은 역시나 그런 그레이너를 쫓았다.

전투는 처음 그들이 보였던 양상과 똑같이 흘러갔다.

텁은 공격을 하고 그레이너는 피하고.

달라진 게 있다면 검은 회오리가 계속 텁을 공격한다는 것이었다.

하지만 그때마다 만들어내는 보호막에 큰 효과를 발휘하지는 못했다.

부아앙!

쑤앙! 쑤앙!

텁의 공격은 눈이 어지러울 정도로 현란했지만 그레이너는 단 한 번도 적중되지 않았다.

텁도 어느 정도 예상했는지 그런 상황에 대해 크게 분해하거나 흔들리지 않았다.

그런데 그렇게 계속 물러나다 보니 두 사람은 쑥대밭이 됐던 처음 싸움 장소에서 멀어지고 있었다.

그러더니 어느새 나무가 우거진 근처 산속으로 진입하는 것이 아닌가.

우거진 나무 때문에 산속은 그림자로 덮여 있었다.

그래서인지 몰라도 그레이너의 주변을 맴도는 검은 회오리의 색이 더 짙어진 느낌이었다.

그렇게 안쪽으로 얼마나 더 들어갔을까.

피하던 그레이너가 갑자기 왼손에 있는 검을 지나치는 나무를 향해 찔렀다.

"……!"

그것을 본 텁이 공격하던 와중 고개를 숙였다.

쉬악!

고개를 숙이자마자 날카로운 바람소리가 텁의 머리가 있던 공간에 나타났다.

바로 방금 그레이너가 나무를 향해 찔렀던 검이었다.

놀랍게도 나무를 찔렀던 검이 텁의 머리 위에 있는 그늘진 나뭇잎에서 튀어나온 것이다.

대단한 건 텁이 그런 괴이한 공격을 눈치채고 피했다는 것이다.

그것이 시작이었다.

그레이너는 본격적으로 반격에 들어갔다.

그는 물러나는 와중 양손의 검을 주변 그림자를 향해 찔렀고, 여지없이 그것은 텁을 공격해 들어갔다.

모든 공격은 괴이하기 그지없었다.

나무는 물론 풀이나 땅바닥, 돌 등 그림자가 있는 곳이라면 어디서든 검이 솟구쳐 나왔다.

너무나도 은밀하고 존재를 알기 힘들어 어느 누구도 피하지 못할 것만 같았다.

하지만 텁은 예외였다.

놀랍게도 그는 그레이너의 모든 공격을 유연하게 대처하고 있었다.

피할 수 있는 것은 피하고, 막을 수 있는 것은 막고, 쳐낼 수 있는 건 쳐냈다.

모르는 사람이 봤다면 그레이너의 공격이 별것 아닌 것처럼 느껴질 정도였다.

그런데 묘한 점이 있었다.

그레이너의 반격으로 상황이 바뀌었음에도 턱은 행동 패턴을 바꾸지 않고 있었다.

언제 어느 곳에서 공격이 들어올지 모름에도 불구하고 여전히 그는 가까이 붙어 공격하기에 여념이 없었다.

그렇게 얼마나 공방이 계속 됐을까.

파르르.

언뜻 이상한 모습이 시야에 잡혔다.

그레이너의 눈꺼풀이 거의 알아차리기 힘들 정도로 미미하게 떨린 것이다.

"후후."

그에 턱이 나지막한 미소를 띠었다.

마치 그레이너의 떨림을 알아차렸다는 듯이.

이내 턱은 더 강력하게 몰아붙이려 했다.

그때였다.

주와아아아!

순간, 믿기 힘든 일이 벌어졌다.

갑자기 나무가 꿈틀거렸다.

아니 정확히 말하면 숲 전체가 움직였다.

주변을 잠식하고 있던 나무나 풀의 그림자가 한꺼번에 움직인 것이다.

태양이 이동한 것도 아닌데 마치 살아 있는 것처럼 꿈틀거리더니 한곳으로 모이는 것이 아닌가.

바로 텁을 향해.

"……!"

그것을 본 텁의 시선이 날카로워졌다.

자신을 향해 달려드는 그림자 공격은 처음 그레이너의 공격과 비슷했다.

하지만 그 위력이 달랐다.

처음 공격 때는 그가 주변 나무를 쓰러뜨려 그림자가 거의 없었다.

그러나 지금은 그렇지 않았다.

울창한 나무로 인해 주변은 온통 그림자로 뒤덮여 있을 정도였다.

그것들이 한꺼번에 그를 덮치려하니 얼마나 강력한 공격이겠는가.

크기부터가 압도할 정도였고 완전히 주변을 감싼 덕분에 밤이 된 것처럼 캄캄할 정도였다.

"홍."

텁은 코웃음을 쳤다.

놀랍게도 그는 위기가 닥쳤음에도 긴장하거나 겁먹은 반응을 전혀 보이지 않았다.

슈르르르륵!

이윽고 그림자가 텁의 다리를 붙잡았다.

그에 드디어 텁의 공격이 멈췄다.

발이 땅바닥에 박힌 것 마냥 순식간에 뻣뻣해졌다.

쭈아아아악!

곧이어 나머지 그림자가 텁에게 몰려왔다.

그림자는 마치 거대한 고래가 되어 텁을 포함한 주변의 모든 것을 집어 삼키려는 듯 위압적으로 들이닥쳤다.

그 위용을 봤을 때 텁의 신체는 형체도 없이 사라질 것만 같았다.

스윽.

그때 텁이 움직였다.

그는 자연스럽게 노란 도끼를 앞으로 내밀었다.

그리고 이번엔 붉은 도끼로 그것을 내리쳤다.

떵!

그러자,

파자자작!

순간, 노란 도끼가 진동을 일으키더니 새하얀 스파크를 일으켰다.

그러더니,

콰콰콰콰콰!

스파크가 점점 커지면서 엄청난 빛을 폭사시키는 것이 아닌가.

그것을 확인하자마자 텁이 더욱 강력하게 노란 도끼를 내리쳤다.

떠어엉!

그러자 엄청난 일이 벌어졌다.

푸화아아아!

퍼퍼퍼퍼퍼퍽!

스파크가 터져버리더니 주변으로 터져나간 것이다.

폭발한 스파크는 진정한 정체를 드러냈다.

바로 라이트닝.

라이트닝 에너지가 터져나가면서 주변을 엄청난 빛으로 감싸버렸다.

슈르르르르륵!

그것은 놀라운 일을 만들어냈다.

텁을 덮치려던 거대한 그림자가 라이트닝의 힘과 빛으로 인해 연기처럼 사라져 버린 것이다.

결국 그로 인해 주변은 엄청난 빛에 휩싸였다.

파지지직!

파자작!

이윽고 라이트닝은 사라졌다.

하지만 그 여운은 쉽게 수그러지지 않았다.

나무와 풀에 라이트닝의 힘이 남아 스파크를 일으켰다.

몇몇 나무에는 불이 붙었지만 직접적인 화염 피해가 아니었기에 작은 불씨와 함께 금세 꺼졌다.

나무나 풀 외에 다른 곳에서도 스파크가 일었는데, 그것은 바로 그레이너였다.

그레이너는 텁의 지근거리에 있었고, 아무래도 그 때문에 라이트닝 폭발을 피하지 못한 듯했다.

치직! 파지직!

그레이너의 몸에서 자잘한 스파크가 일었다.

더불어 그의 신형을 감싸고 있던 검은 회오리가 어느새 사라져 있었다.

그럼에도 그레이너의 표정엔 변화가 없었다.

겉으로 봤을 땐 그는 아무런 피해도 없이 멀쩡해 보였다.

"충격이 상당한가 보군."

그때 텁이 입을 열었다.

그림자를 완전히 걷히게 만든 그는 여유로움이 가득한 표정으로 가만히 서서 그레이너를 바라보고 있었다.

"서로 상대가 누군지 아니 아닌 척 해봐야 소용없다는 거 알겠지. 가만히 있어도 알 수 있는데 지금 네놈은 눈꺼풀까지 떨고 있잖아?"

텁의 말은 사실이었다.

미미하게 떨렸던 그레이너의 눈꺼풀이 좀 전보다 더 심한 떨림을 보이고 있었다.

"네놈은 나에 대해 알고 있었겠지. 그러니까 내 도끼와 부딪치지 않으려 했던 거지."

텁은 도끼를 들어 흔들었다.

"그렇다면 예상하고 있었어야지. 나 역시 네놈의 능력에 대해 알고 있다는 걸."

"……."

흔들던 도끼에서 빛이 뿜어져 나왔다.

그레이너의 시선이 거기에 향했고, 텁이 미소를 지으며 말했다.

"네놈의 그림자 군주 능력은 날 이기지 못해. 왜냐하면 난 네 능력과 상극이니까."

CHAPTER **03**

서로 간의 능력

죽은 자들의 왕

스각! 서걱!

푸푹! 퍼벅!

"크ㅎㅎㅎㅎ!"

"……."

그레이너와 텁이 사라진 공터, 그곳에선 아비게일 후작과 코로나도로 신분을 숨겼던 브로디가 여전히 전투를 벌이고 있었다.

두 사람의 전투는 처음과 마찬가지로 여느 전투와 완전히 달랐다.

그들 사이에 무기를 부딪치는 소리는 울리지 않았다.

서로의 무기는 여지없이 상대의 신체를 헤집었고, 상처는 언제 그랬냐는 듯 순식간에 원래 상태로 돌아갔다.

끝없는 소모전이 계속 되고 있는 것이다.

그런 상황에 아비게일 후작의 인중이 보이지 않게 찌푸려졌다.

그녀는 이런 전투를 바라지 않았다.

그녀나 브로디나 수준과 경지가 있기에 그에 맞는 대결을 하고 펼치고 싶었다.

하지만 브로디의 공격 스타일이 그것을 불가능하게 만들었다.

보통 전투는 공방으로 이루어지는데, 브로디는 공격만을 시도했다.

'공' 만 있을 뿐 '방' 은 하지 않는 것이다.

그것은 전투의 균형을 무너뜨리는 것이었다.

그가 방어를 하지 않으니 그녀의 공격은 너무나도 간단히 성공을 하게 되고, 반대로 브로디의 공격도 성공을 하고 만다.

브로디가 몸을 내주니 그녀도 똑같은 상황이 될 수밖에 없는 것이다.

그렇다면 그녀가 방어를 해서 공방으로 이어지는 상황을 만들면 되지 않느냐 여길 수도 있다.

하지만 그건 힘들었다.

그런 상황을 만든다고 브로디가 따라와 줄 것 같지도 않을 뿐더러, 그녀의 자존심이 허락할 수 없기 때문이다.

자신이 방어로 돌아선다는 건 결국 브로디의 전략에 못 이겨 물러선다는 뜻이 되기 때문이다.

'디로드 놈들에게 그럴 수는 없지.'

그건 곧 고개를 숙인다는 것과 마찬가지 의미였기에 절대 그럴 수 없었다.

에티안이 디로드에게 굴복한다는 건 있을 수 없는 일이기 때문이다.

그런 이유로 이상한 전투는 계속 되었고 두 사람은 끝나지 않을 것 같은 싸움을 지속했다.

그런데 얼마나 지났을까.

"……!"

어느 순간 아비게일 후작의 눈빛이 살짝 달라졌다.

그녀는 마치 무언가를 발견한 듯 브로디의 신체 어딘가를 주시했다.

하지만 그건 아주 찰나의 순간.

그녀의 시선은 즉시 다른 곳을 향했고 이전과 다름없는 눈빛으로 돌아갔다.

마치 아무런 일도 없었던 것 마냥 공격은 계속 되었는데, 무언가가 있어 보였다.

겉으로 드러나진 않지만 그녀가 기회를 보기 시작했다.

한데 얼마 되지 않아,

슈악!

그녀가 움직였다.

기다리던 순간이 온 것이다.

아비게일 후작이 공격을 시도한 부위는 이전과 다른 부위였다.

지금까지 몸통을 집중적으로 공격했는데 이번엔 팔꿈치에 공격을 시도했다.

그것도 검을 들고 있는 오른쪽 팔꿈치를.

"엇!"

그때 브로디의 입에서 경악성이 튀어나왔다.

처음으로 그가 당황한 모습을 보였다.

그것은 이해가 되지 않는 장면이었다.

그는 어디를 공격당하든 다시 복원이 되기에 전혀 방어를 하지 않았다.

당연히 상처를 입어도 눈 하나 깜짝하지 않았고, 그런 반응을 보이는 게 마땅하다 할 만큼 그의 신체는 금방 원래대로 돌아왔다.

그런 그가 팔꿈치에 공격을 당한다고 놀라는 건 이해하기 힘든 모습이었다.

그것도 이렇게 커다란 반응을 보이면서.

더욱 놀라운 일은 다음에 벌어졌다.

휘익!

브로디가 몸을 뒤로 뺐다.

그가 처음으로 공격을 피한 것이다.

그것을 보자 아비게일 후작의 안광이 번쩍였다.

자신의 생각이 맞았다는 듯 그녀는 브로디를 쫓으며 다시 팔꿈치를 공격했다.

슈악!

"큭!"

아비게일 후작의 검이 잔상을 일으키더니 눈 깜짝할 사이 브로디의 팔꿈치로 파고들려 했다.

브로디는 급히 팔꿈치를 들어 올렸다.

샤악!

아슬아슬하게 아비게일 후작의 검이 브로디의 팔꿈치를 살짝 스치며 지나갔다.

조금 베이기는 했지만 큰 상처는 아니었다.

하지만 그 행동으로 인해 한 가지가 드러났다.

브로디가 팔꿈치를 보호하려 한다는 것.

다른 신체 부위는 전혀 개의치 않으면서 팔꿈치는 그렇지 않은 것이다.

마치 팔꿈치가 약점이라도 되는 것 마냥.

쉬악!

샤샤샥!

그에 아비게일 후작의 공격이 거세지기 시작했다.

그녀는 브로디의 팔꿈치를 집중적으로 노렸고, 수많은 방법으로 공격을 시도했다.

반면 브로디는 수세에 몰렸다.

지금까지 적극적인 공격을 시도하던 그가 팔꿈치로 향하는 공격이 시작되자 방어적인 태도로 바뀐 것이다.

그 때문에 전투가 일어난 이후 처음으로 공방이 시작됐다.

브로디는 아비게일 후작의 검이 다가오지 못하게 쳐냈고, 아비게일 후작은 방어를 무너뜨리고 팔꿈치를 가격하기 위해 강력한 공격을 퍼부었다.

공방은 생각보다 오래 지속되었다.

공격 부위가 한 곳으로 정해져 있으니 방어가 용이해 쉬이 뚫리지 않았기 때문이다.

아비게일 후작은 이렇게 하다간 끝이 없다는 것을 감안하곤 속으로 결단을 내렸다.

채챙! 차차창!

타탓!

무기가 부딪치는 순간, 아비게일 후작이 브로디에게 달려들었다.

그에 브로디는 즉시 물러섰다.

팔꿈치를 보호하기 위해서 그에게 가장 중요한 것은 안전한 거리이기 때문이다.

검이 닿지 않는 거리를 유지해야 했다.

그의 빠른 대처에 거리는 그대로 유지됐고 아비게일 후작의 의도는 먹히지 못할 듯했다.

그런데 그건 그의 착각이었다.

아비게일 후작이 노린 건 다른 것이었기 때문이다.

휘릭!

검이 격돌하는 순간 갑자기 아비게일 후작이 왼손을 벼락같이 내밀었다.

그러더니 믿기 힘든 일을 벌이는 것이 아닌가.

바로 브로디의 검을 손으로 잡으려 한 것이다.

그리고 그 일은 진짜로 벌어지고 말았다.

텁!

"엇!"

빠르게 휘두르던 검을 아비게일 후작이 손으로 잡아버리자 브로디의 눈이 커졌다.

그는 검을 빼내기 위해 끌어당겼다.

쁘브븍!

하지만 쉽게 빠지지 않았다.

아비게일 후작이 완전히 감싸 쥐었는지 조금씩밖에 움직이지 않았다.

주륵!

피가 흘러나오긴 했지만 아비게일 후작의 손은 멀쩡했다.

손에서 강렬한 황금빛이 흘러나오는 것으로 보아 보호하기 때문인 듯했다.

브로디가 검을 빼려는 그 사이 아비게일 후작은 앞으로 한 발자국 나섰다.

그러자 그녀의 시야에 훤히 드러난 브로디의 팔꿈치가 보였다.

그녀는 조금의 망설임도 없이 검을 찔러갔다.

"안 돼!"

푹!

우두둑!

결국 아비게일 후작의 검이 브로디의 팔꿈치를 뚫고 들어갔다.

그녀의 검은 관절을 박살 내며 반대쪽으로 튀어나왔고, 브로디의 오른팔이 인형 팔처럼 불가능한 각도로 꺾여버렸다.

"크아아악!"

브로디는 끔찍한 비명을 질렀다.

그의 얼굴은 흙빛이 되었는데, 그 모습이 심상치 않아 보였다.

그런데 순간,

빠그극!

서거걱!

갑자기 소름끼치는 괴음과 누군가가 튕겨나갔다.

놀랍게도 그건 브로디가 아닌 아비게일 후작이었다.

쿠당탕탕!

아비게일 후작은 바닥에 강하게 처박혔지만 공중제비와 함께 금방 신형을 바로 했다.

"으흡!"

한데 몸을 일으키던 와중 그녀의 입에서 신음 소리가 흘러나왔다.

처음 있는 일이었다.

"그 상황에서 피하다니, 역시 보통이 아니군."

브로디가 아비게일 후작을 향해 말했다.

그런데 그 모습이 좀 전과 완전히 달랐다.

비명을 지르고 죽을 것 같은 모습이 싹 사라지고 여유로운 표정을 짓고 있었다.

꽈득!

아비게일 후작은 브로디를 노려보며 검을 쥔 손을 강하게 말아 쥐었다.

그런데 드러난 그녀의 모습이 놀라웠다.

어떻게 된 것인지 복부의 3분의 1정도가 뜯겨져 있었던 것이다.

왜 그런 상처를 입었는지 알 수는 없었지만 그 모습은 끔찍하기 그지없었다.

복부에 일어난 상처였기에 내장이 다 보일 정도였던 것

이다.

그런데 의외의 장면이 하나 눈에 들어왔다.

아비게일 후작이 피를 흘리고 있었던 것이다.

그녀는 브로디와 전투를 펼치며 많은 상처를 입었지만 능력 때문에 지금까지 단 한 번도 피를 흘리지 않았다.

그런데 지금 복부의 상처에서 피가 흘러나오고 있었던 것이다.

피의 양은 상당해 골반을 지나쳐 다리로 흘러내리고 있었다.

하지만 그것도 시간이 지나자 달라졌다.

재생 능력으로 인해 서서히 치료가 되기 시작한 것이다.

피가 흐르는 것이 멈췄고 뜯겨졌던 복부가 원상태로 돌아오기 시작했다.

"아쉽군. 조금만 더 깊었으면 마나홀을 완전히 박살 낼 수 있었을 텐데."

회복되는 아비게일 후작의 모습에 브로디가 나직하게 말했다.

그는 공격할 생각이 없는지 가만히 서서 지켜보기만 했다.

"그러나 예상했던 대로군. 무적에 가까운 재생 능력이지만 마나홀에 타격을 받으면 치명적일 것이란 생각이."

"……"

아비게일 후작은 아무런 말도 하지 않았다.

생각보다 심각한 상태였기 때문이다.

브로디의 말대로 마나홀에 타격을 받은 건 치명적인 것이었다.

브로디는 외부의 힘을 통해 복원을 하기에 자신의 마나홀이 잘못 되도 문제가 없지만 그녀는 마나홀이 재생 능력을 이루는 근간이기에 잘못되면 바로 끝장이었다.

그런 이유 때문에 그녀의 몸에서 뿜어져 나오던 광채도 상당히 죽어 있었다.

마나홀에 타격을 받으면서 힘이 급격하게 소모된 것 때문이다.

그나마 마나홀이 반 이상 손상을 입지 않은 것이 천만 다행이었다.

마나홀이 반 이상 손상을 입었다면 재생 능력은 더는 발휘되지 않았을 것이다.

"함정이었군."

아비게일 후작이 드디어 입을 열었다.

말을 꺼내는 그녀의 낯빛이 약간 창백해진 것이 좋지 않아 보였다.

"그래. 지루한 전투를 끝내기 위해 함정을 팠지. 네가 내 복원 능력의 비밀을 파악했다는 것을 이미 눈치채고 있었거든."

복원 능력의 비밀.

브로디는 엄청난 이야기를 꺼냈다.

놀라운 건 그 말이 진짜라는 듯 아비게일 후작이 반박을 하지 않는다는 것이었다.

사실 복원 능력을 파괴하는 방법을 아비게일 후작은 진작 알고 있었다.

그녀의 공격으로 브로디의 머리가 사라졌다 복원이 될 때 아비게일 후작은 브로디의 능력이 자신과 반대되는 특징을 가졌음을 알았다.

자신은 내부의 힘을 통해 치료를 하기에 만약 머리가 날아간다면 살아남을 수 없었다.

그런데 브로디는 아무렇지 않게 원래 모습으로 돌아왔다.

그건 브로디의 복원 능력이 내부가 아닌 외부의 힘에 의해 운용이 된다는 뜻이고, 그것을 가능하게 만드는 건 그 중심이 되는 '핵'이 존재할 것이란 직감이 들었다.

이런 생각이 든 이유는 복원 능력이 '리치 마법'과 비슷했기 때문이다.

리치 마법은 흑마법 중 하나로, 흑마법사가 자신의 생명을 라이프베슬이라는 핵에 담아 언데드가 되는 마법이었다.

말 그대로 핵인 라이프베슬이 부서지지 않는 한 흑마법사는 영생을 하게 되는 것인데, 아비게일 후작은 복원 능력이 리치 마법과 유사한 만큼 그에게 능력을 부여한 존재가 그의 몸속에 근간이 되는 핵을 주입했다 여긴 것이다.

그걸 깨달은 후부터 그녀는 핵을 찾기 시작했다.

하지만 쉽지 않았다.

핵의 크기가 어느 정도인지, 또 어느 곳에 있는지 알 수가 없기 때문이다.

그러다 전투 중 브로디가 다른 신체 부위와 달리 팔꿈치 쪽을 조심스러워하는 것을 감지했고, 이후 기회를 봐 확신을 갖고 공격을 했던 것이다.

하지만 그것은 브로디가 놓은 덫이었고 반대로 그녀가 당하고 만 것이다.

"솔직히 핵에 대한 존재를 그렇게 빨리 알아차릴 줄은 몰랐다. 지금까지 수많은 자들을 상대해왔지만 알아냈던 자들은 얼마 되지 않았으니까. 그마저도 죽기 직전에야 눈치를 챘었거든. 그런 걸 보면 역시 에티안이라 해야 하나?"

"……."

"어떻게 운 좋게 치명타를 피하기는 했지만 다음은 그럴 수 없을 거야. 그 이유는 말하지 않아도 알겠지?"

방금 타격으로 아비게일 후작의 힘이 급격하게 소모됐다.

더 이상은 브로디의 공격을 무시하며 싸울 수는 없게 된 것이다.

브로디는 이내 발걸음을 떼었다.

그러며 말했다.

"내 능력의 비밀을 알아낸 상으로 좋은 걸 가르쳐주지. 사실 핵이 팔꿈치에 있는 게 맞았어. 내가 당황한 모습을 보인 게 거짓이 아니었던 거지."

"……."

"그런데 왜 아무 이상이 없을까? 그건 말이야. 핵을 내 몸 어디로든 움직일 수 있기 때문이야."

"……!"

아비게일 후작의 눈빛이 살짝 변했다.

그건 생각지 못했던 것이기 때문이다.

그녀의 표정은 더욱 안 좋게 변했다.

브로디가 자신에게 그런 비밀을 알려준다는 건 무슨 일이 있어도 핵을 공격시키지 못할 거라는 자신감 때문임을 안 것이다.

그리고 그것은 그녀가 봐도 타당하게 보일 정도의 일이었다.

"그럼 다시 시작해 보자고. 되도록 빨리 끝내주지. 너 말고도 저쪽의 배신자도 처리를 해야 하니까."

쉬라락!

결국 브로디는 다시 공격을 시작했다.

아비게일 후작은 검을 들어 맞상대를 해갔다.

그렇게 그녀는 방어에 들어갔다.

*　　　*　　　*

"블랙8, 네가 불젠 도끼에 대해 파악하고 있다는 걸 알고 있다. 그러니까 처음부터 부딪치지 않으려 했던 거겠지. 그렇지?"

잠시 소강상태인 그레이너와 텁.

텁은 전투에서 그레이너가 보인 행동에 대해 이야기하고 있었다.

텁의 말은 사실이었다.

그레이너는 숨겨진 효과를 알고 있었다.

펜트란 광석으로 만들어진 만큼 불젠 도끼는 착용자에게 치명적인 마나 침투를 일으키는데, 그 외에 또 다른 성질이 하나 더 있었다.

만드는 과정에 어떤 일이 있었는지 모르지만 마나 침투 효과가 상대에게도 적용되는 것이다.

당연히 이건 도끼가 상대의 몸에 닿았을 때를 이야기하는 것이 아니다.

바로 상대의 무기에 닿았을 때다.

어떤 일로 인해 불젠 도끼로 만들어지면서 성질이 강화되었고 그 때문에 간접 접촉으로도 상대에게 마나 침투를 일으킬 수 있게 된 것이다.

이 비밀은 단 몇 명만이 아는 사실인데 그레이너는 어떤 계기로 인해 알게 되었고, 그래시 텁과 전투가 시작되있을 때

무기를 부딪치지 않으려 했던 것이다.

"처음엔 네가 알고 있을 거라 생각지 못했다. 하지만 블랙 8인 걸 알자마자 머릿속에 떠오르더군. 네가 불젠 도끼의 비밀을 알고 있을 거라는 걸."

"……."

"모르템은 서로의 정보를 알아내려 했고 특히 너와 난 앙숙 관계여서 더 많은 것을 알기 위해 노력했었지. 덕분에 다른 이들에 비해 누구보다 서로를 잘 알고 있고 말이야."

그레이너는 부정하지 않았다.

모르템 중 다툼이 벌어질 확률이 가장 높은 이가 텁이었기에 그 역시 세밀하게 조사를 했었다.

그리고 그것이 사실이라는 듯 지금 전투를 벌이게 되었고 말이다.

"그런 의미에서 네 능력을 알아냈을 때 많이 놀랐었지. 바로 그림자 군주 능력."

텁이 흥미로운 얼굴로 말했다.

"그림자 군주, 이름도 멋지지만 그 능력 또한 환상적인 것이더군. 그림자에 숨을 수 있고, 그림자를 움직여 상대를 살해할 수 있는, 그야말로 어쌔신에게 가장 잘 어울리면서 최고의 능력이 아닐 수 없더군. 같은 어쌔신으로서 솔직히 부러울 정도였어."

그러다 언제 그랬냐는 듯 그의 표정이 다시 변했다.

"하지만 치명적인 약점을 알고 나니 부러웠던 마음이 싹 사라지더군. 허무할 정도로 어이없는 약점이라 허탈하기까지 했지. 그게 뭔지 잘 알고 있겠지? 그건 바로…….'"

"빛."

텁의 말을 끊고 그레이너가 말했다.

이미 알고 있는 거 숨길 것도 없거니와 텁의 비아냥거림을 들어줄 생각도 없었던 것이다.

텁은 비릿한 웃음을 짓고는 다시 말을 이었다.

"특별한 능력으로 사용한다고는 하나 결국 그림자도 어둠의 한 종류. 어둠은 빛이 있는 곳에 존재할 수 없고 당연히 그림자는 빛 앞에는 무력한 존재지. 그렇기에 그림자 군주라는 능력은 반쪽짜리, 아니 그것조차 되지 못하는 3류에 지나지 않는 능력이야. 정확히 말하면 모르템이라는 명성에 어울리지 않는 것이라 볼 수 있지."

"……."

"그런 3류 능력 때문에 내가 블랙9라니. 참으로 억울했지. 분명 실력으로는 내가 훨씬 위고 또 내 상대가 되지 않는 걸 아는데 말이야. 불젠 도끼에 대해 조사했으니 너도 알고 있었겠지. 넌 날 이길 수 없다는 걸. 왜냐하면 내가 바로 네 상극인 빛이니까."

텁의 불젠 도끼는 화염과 번개의 힘을 가지고 있었다.

두 원소 모두 빛에 해당하는 속성이고 그것은 어둠에는 상극이었다.

텁의 말은 그것을 뜻한 것이다.

텁은 그늘진 숲 주변을 손으로 주욱 훑었다.

"넌 날 이곳으로 유인했다 생각했겠지? 그림자 가득한 이 장소로."

"……."

"사실 그 반대야. 오히려 네가 이곳으로 날 끌어들이도록 했지 유도했지. 왜냐하면 그래야 네가 날 공격할 것이니까. 의도적으로 무기 격돌을 피하려하니 격돌할 수밖에 없는 상황을 만든 거지. 그리고 계획은 성공했고 말이야. 어떠냐? 마나홀에 다른 마나가 침투한 느낌이?"

"……."

그레이너의 눈꺼풀이 또다시 떨렸다.

그의 얼굴에 나타났던 흔들림의 이유가 텁의 설명으로 인해 드러난 것이다.

그레이너가 그림자를 통해 한 공격을 텁이 막거나 쳐냈고, 그 찰나의 사이 마나가 무기를 통해 그레이너의 마나홀에 침투를 한 것이다.

이제 보니 모든 것이 텁이 의도한 것이었고 그레이너는 텁의 생각대로 움직이고 만 것이다.

"불젠 도끼의 마나는 네 마나홀을 오염시킬 것이다. 그로 인해 천천히 넌 무너지겠지. 그렇다고 오해는 말도록. 이런 방식을 택한 것은 네가 두려워서가 아니니까. 널 확실하게 처리하기 위해서, 또 네 능력이 내겐 얼마나 하찮고 보잘 것 없는 존재인지 깨닫게 하기 위해 그런 거니까."

그때 멀리서 무기 부딪치는 소리가 들려왔다.

아비게일 후작과 브로디의 전투 소리가 그들이 있는 곳까지 울려 퍼진 것이다.

"잠깐 멈춘 듯하더니 다시 시작했나 보군. 그럼 우리도 다시 시작해야겠지."

텁이 자세를 잡았다.

"아, 시작하기 전에 이거 한마디만 하지. 혹여라도 그림자 속에 숨지 말아라. 그 순간 여기 주변 전체를 불바다로 만들어 그림자 자체를 없애버릴 테니까. 그럼 어떻게 되는지 잘 알겠지?"

만약 그런 상황이 닥친다면 그레이너는 소멸이었다.

그림자 속에 숨었는데 그림자가 모두 사라진다면 그 역시 흔적도 없이 사라지는 것이다.

"이런 말을 해준다고 고마워할 필요는 없어. 네놈의 죽음을 내 손으로 느끼고 싶어서 그런 것이니까. 또 도망치려는 것일 수도 있으니 경고를 하는 것이고. 자, 그럼."

모든 말을 마쳤다는 듯 텁이 움직였다.

그는 천천히 그레이너에게 다가갔다.

그레이너의 얼굴이 찌푸려졌다.

마나를 운용한 것이다.

침투한 불젠 도끼의 마나가 감염을 일으키는 병균처럼 그의 마나홀을 오염시키고 있었다.

주와아아아악.

이윽고 그레이너의 양 옆에서 검은 무언가가 생성되었다.

그것들은 서서히 형태를 잡아가더니 이내 사람 모양을 갖춰줬다.

텁이 그것을 보고 말했다.

"그림자 분신술?"

텁이 알고서 말한 것은 아니었다.

하지만 누가 봐도 분신술이라 생각될 정도로 상황 자체가 그리 보인 것이다.

그리고 그 예상이 틀리지 않았다는 듯 그레이너의 좌우에 그림자로 된 네 인영이 생성됐다.

분명 사람의 형태를 한 것으로 보아 분신술이 확실해 보였다.

하지만 약간 이상한 점이 있었다.

그림자 분신들의 모습이 전부 그레이너와 다르다는 점이었다.

그림자라 생김새를 정확히 볼 순 없었지만 전체적인 형상이 전부 그레이너와 달랐다.

텁은 그것을 눈으로 봤지만 신경 쓰지 않았다.

"날 상대하기 위해 생각해낸 게 고작 분신술인가?"

이내 그 말과 함께 두 도끼를 맞대고 그레이너를 향해 휘둘렀다.

푸화아아!

파지지직!

그러자 화염과 번개가 뿜어지더니 초승달 모양으로 그레이너와 분신들에게 들이닥쳤다.

그에 그레이너와 분신들도 움직였다.

CHAPTER **04**

핵의 위치

죽은 자들의 왕

텁은 분신술을 쓴 그레이너를 비웃었다.

그는 분신술 사용이 코너에 몰린 그레이너의 발악이라 생각했다.

사실 분신술은 대단한 기술이었다.

마법으로 봤을 땐 이미지 마법과 비슷했는데, 결정적인 다른 점이 존재했다.

이미지 마법은 형상만 존재하는 기술인데 반해 분신술은 실질적인 힘을 가진 물체인 것이다.

즉, 분신술의 분신은 직접적인 타격이 가능하다는 이야기였다.

직접적인 힘이 있는 만큼 분신술은 사용하기 힘든 기술이었고 어쌔신들 중에서도 아무나 하지 못하는 것이었다.

그럼에도 텁은 분신술을 사용한 그레이너를 비웃었는데, 그 이유는 자신 정도의 실력자에겐 분신술이 아무런 위협이 되지 않기 때문이었다.

분신이 본체보다 강할 수는 없는 법, 본체인 그레이너 조차도 그를 어찌 하지 못하는데 분신이 무슨 일을 할 수 있겠는가.

이 상황에서 분신술은 아무런 의미가 없는 것이었다.

결국 그의 시선엔 수적 우위라도 보여 상황을 반전시키려는 발악으로밖에 보이지 않는 것이다.

"불쌍하군."

텁은 적나라한 비웃음과 함께 불첸 도끼를 휘둘렀다.

그는 본격적으로 공격하기로 마음을 먹었는지 이전까지완 다른 공격을 시도했다.

불첸 도끼로의 직접적인 타격이 아닌 마법적인 공격을 하기 시작한 것이다.

푸콰콰콰!

파자자자자작!

그 때문에 텁의 공격은 더욱 위협적이고 강력해졌다.

붉은 도끼에서 화염이 쏟아져 나왔고, 노란 도끼에선 번개가 뿜어져 나왔다.

중요한 건 대부분의 공격이 광역 공격이라는 것이었다.

그레이너 한 명만을 향한 게 아니라 분신들까지 타격이 가는 공격을 시도한 것이다.

그 의도는 정확하게 맞아떨어졌다.

그레이너와 4명의 분신은 섣불리 텁에게 다가가지 못했다.

주변을 온통 화염과 번개로 뒤덮어 버리니 가까이 갈 수가 없는 것이다.

덕분에 애꿎은 나무와 풀이 조금씩 불타고 있었다.

하지만 그레이너가 완전히 아무것도 하지 않는 것은 아니었다.

그는 틈틈이 그림자를 통해 공격을 시도했다.

그러나 그것도 별 소용이 없었다.

이미 그레이너의 능력을 파악하고 있는 텁이었기에 공격이 들어오는 걸 모르지 않은 것이다.

그는 피할 수 있는 것은 피하고 그렇지 못한 것들은 방어막을 만들어 튕겨내 버렸다.

때문에 그레이너는 타격도 주지 못하고 있었다.

'신경 쓰이는군.'

한편, 압도적인 우위를 보이고 있던 텁은 보이지 않게 눈살을 찌푸렸다.

대단치 않게 생각했던 분신들이 의외로 그를 귀찮게 만들고 있었기 때문이다.

광역 공격을 펼치는데도 분신들은 아직 단 한 번도 적중당하지 않았다.

화염이든 번개든 빛 속성 공격 한 번이면 사라질 것들인데 적중이 되지 않은 것이다.

그의 모든 공격을 피하니는 것은 물론 어떻게든 틈을 보아 파고들려 했다.

텁은 그것을 허용하지 않기 위해 더 강력한 공격을 펼쳤는데 분신들은 그것까지 피하며 다가왔다.

그레이너가 조종한다지만 보면 볼수록 분신들의 움직임이 보통이 아니었다.

그런 점이 조금씩 텁의 신경을 건드렸고 그의 시선을 빼앗고 있었다.

화르르르르!

우지직!

콰지지직!

전투가 길어지면서 숲이 화염에 휩싸이기 시작했다.

텁의 무차별적인 화염 공격에 결국 불이 나기 시작한 것이다.

처음엔 작은 불씨였지만 시간이 갈수록 불길이 커지는 것이 잘못하면 산 전체가 불탈지도 모를 일이었다.

하지만 텁은 그런 것은 전혀 신경쓰지 않는다는 듯 더욱 강력한 공격을 퍼부었다.

'이제 끝내야겠군.'

이윽고 텁은 그레이너를 처리하기로 마음을 먹었다.

상황도 상황이지만 시간을 너무 오래 끌었다.

원래 계획대로라면 벌써 그레이너와 아비게일 후작을 처리하고 흔적을 지운 후 사라져야 했다.

그런데 그러기는커녕 더 많은 흔적을 남기고 있었다.

산불이 일어났는데도 가만히 두는 건 그 때문이기도 했던 것이다.

불로 인해 흔적을 지우려는 것.

땅! 땅! 땅! 땅!

텁은 두 도끼를 번갈아 가며 내리쳤다.

그러자 도끼에서 화염과 번개가 휘몰아치더니 도끼 주위를 맴돌기 시작했다.

그 크기는 점차 커졌는데 풍겨 나오는 기운이 심상치 않았다.

얼마 지나지 않아 두 기운은 하나로 모여들었고 이내 범상치 않은 형태로 변했다.

화염과 번개가 합쳐진 것이다.

휘몰아치는 번개 속에 화염이 이글거리며 불타올랐다.

우우웅!

거기선 엄청난 힘이 뿜어져 나오고 있었다.

만약 이 회오리에 적중당한다면 그레이너도 어떻게 될지

장담을 하지 못할 듯했다.

"쳇!"

그렇게 막 마지막 공격이 완성되려는 찰나, 텁이 인상을 찌푸렸다.

그레이너의 공격이 들어왔기 때문이다.

바닥에서 검이 솟구쳐 나오고 있었다.

휘익!

막을 수 있지만 텁은 그것을 피했다.

막게 되면 지금 만들어내고 있는 회오리의 완성이 지체될 수 있기 때문이다.

쉬악!

스사삭!

그런데 분신들이 그것을 기다렸다는 듯 그가 회피하는 곳으로 공격을 해왔다.

텁은 짜증나지만 방어막을 만들었다.

떠엉!

두 도끼를 동시에 마주치자 방어막이 만들어졌다.

대신 다른 기술을 펼치느라 회오리의 완성은 더 늦어지고 말았다.

따다당!

터팅!

대신 분신들의 공격이 방어막에 막혔다.

분신들 역시 그림자의 일부인 이상 빛 속성인 방어막을 뚫을 순 없었다.

때문에 텁은 오히려 잘됐다 여기며 마지막 공격을 완성시키려 했다.

이렇게 되면 그레이너도 방해를 하지 못할 것이 분명했다.

"됐다!"

그리고 얼마 있지 않아 텁이 미소를 지었다.

드디어 완성이 된 것이다.

화염과 번개가 혼합된 강력한 기술.

이것이라면 그레이너를 끝장낼 수 있었다.

이내 그는 기술을 사용하려 했다.

그런데 그때,

드드득!

갑자기 등 뒤에서 기괴한 소리가 들려왔다.

하지만 그는 관심을 두려하지 않았다.

무엇이 됐든 방어막을 뚫을 순 없을 테니.

그 순간,

푸푹!

날카롭고 예리한 것이 그의 등허리를 뚫고 들어와 마나홀을 갈라버렸기 때문이다.

"끄어억!"

끔찍한 고통에 텁은 비명을 질렀다.

그는 찢어질 듯 커진 눈으로 믿기지 않는다는 표정을 지었다.

지금 이 상황이 말이 되지 않기 때문이다.

방어막이 있는 상황에서 어떻게 자신을 공격할 수 있단 말인가.

그는 자신을 공격한 것의 정체를 알기 위해 고개를 돌리려했다.

우드득!

"크아아아아!"

하지만 그럴 수 없었다.

또다시 무언가가 그의 몸을 파고들었고 이번엔 척추를 박살 냈기 때문이다.

텅! 때앵!

텁이 들고 있던 불젠 도끼가 땅바닥에 떨어졌다.

마나홀에 이어 척추까지 부서지면서 더 이상 도끼를 들지못하게 된 것이다.

"끄으으으윽!"

더욱 끔찍한 건 하체의 감각이 사라져 주저앉으려는 그를 몸에 파고든 것들이 막고 있다는 것이었다.

쓰러지고 싶어도 쓰러지지 못하는 것이다.

저벅, 저벅.

그때 그레이너가 다가왔다.

그런데 그의 모습이 달랐다.

마나홀의 오염으로 인해 전투 중 고통스러운 표정을 짓던 그의 얼굴이 지금은 너무나 담담했던 것이다.

"어, 어떻게 된 것이……."

텁이 눈앞에 선 그레이너에게 물었다.

"아까 네가 그랬지. 유도했다고. 나 역시 마찬가지라면 이해하겠나?"

"……."

텁은 알 듯 말 듯한 얼굴을 했다.

그레이너가 말을 이었다.

"내 힘은 어둠의 것이기에 네 방어막을 뚫을 수 없지. 하지만 네 힘이라면 그게 가능하지."

"음……."

그제야 텁은 모든 것을 알아차렸다.

그레이너가 불젠 도끼의 마나를 흡수한 것은 의도된 것이란 걸.

불젠 도끼의 마나를 일부러 흡수한 후 결정적인 상황에 그 힘을 이용해 방어막을 뚫어버린 것이다.

방어막과 불젠 도끼의 마나는 같은 속성의 힘이니 그레이너의 어둠 힘보단 훨씬 간단하게 방어막을 부술 수 있었던 것이었다.

그것이 어찌 가능했는지 이해는 가지 않지만 말이다.

그 해답은 그레이너가 알려줬다.

"침투한 마나를 어떻게 밖으로 빼낼 수 있었냐고? 생각해 봐, 내가 어떤 기술을 썼는지."

"분신술⋯⋯."

분신술이었다.

그레이너는 분신술을 통해 마나를 밖으로 배출했고 분신 중 한 기가 불젠 도끼의 마나를 무기로 형상화시켜 사용한 것이다.

텁의 눈앞에 분신 한 기가 나타났고 손에 들고 있는 검 형상을 흔들었다.

유일하게 그 분신의 검만이 검은색이 아닌 흰색이었다.

"내가 너에⋯ 대해 더 많이 연구했다 생각했는데 아니었군⋯⋯."

텁의 표정이 일그러졌다.

그는 자신의 죽음이 다가옴을 알고 마지막으로 말했다.

"날 죽였다고 기뻐할 것 없다. 네 존재가 드러난 이상 길드에서 네놈을 가만⋯⋯"

퍽!

하지만 그는 자신의 말을 끝맺지 못했다.

그레이너가 그 말을 들을 생각이 없었기 때문이다.

분신 중 하나가 텁의 머리를 박살 내버렸고 그렇게 그는 죽음을 맞이하고 말았다.

그레이너는 죽은 텁의 시신을 잠시 보고는 주변을 바라봤다.

산속에 붙은 불은 더욱 거세졌고 이젠 걷잡을 수 없을 정도가 되었다.

그는 이내 분신들을 바라봤다.

그러더니 이해하기 힘든 행동을 하는 것이 아닌가.

"이제 들어들 가시지요."

분신에게 말을 한 것이다.

살아 있는 것도 아닌 자신이 만들어낸 분신에게 말을 걸다니, 누가 보면 미친 것으로 보일 정도였다.

하지만 놀라운 일은 다음에 벌어졌다.

─오랜만에 바깥에 나왔는데 벌써 들어가라는 말이냐?

분신이 말을 했다.

마치 사람처럼 말이다.

한 분신의 말에 다른 분신들이 고개를 끄덕였다.

모습이나 행동으로 보아 모두 자아가 존재하는 것처럼 보였다.

"저들에게 보여서 좋을 것이 없으니까요."

그레이너는 아비게일 후작과 브로디가 있는 방향을 가리키며 말했다.

─할 수 없군.

분신들은 그렇게 말하더니 어둠 속으로 사라지기 시작했다.

그 모습이 마치 눈사람이 녹아내리는 듯한 형상을 보여줬다.

이윽고 분신들은 모두 어둠속에 사라졌고 그레이너의 그림자로 흡수되었다.

그에 그레이너는 아비게일 후작과 브로디가 있는 곳으로 움직이려 했다.

그런데 발을 떼려다 말고 그의 시선이 다시 죽은 텁을 향하는 것이 아닌가.

그는 무언가를 생각하는 듯하더니 텁의 시신에 다가갔다.

그리고 잠시 후, 그는 자리를 떴다.

*　　　　*　　　　*

차차창!

카캉! 터텅!

아비게일 후작과 브로디의 전투는 더욱 치열해진 상태였다.

브로디의 표정은 찌푸려진 상태였다.

전투가 생각대로 이루어지지 않고 있었기 때문이다.

예상대로라면 이미 아비게일 후작은 차가운 시신이 되어 땅바닥에 뒹굴고 있어야 했다.

그녀는 마나홀에 큰 상처를 입었었고 재생을 위해 많은 힘을 소모한 상태기 때문이다.

더 이상 그의 상대가 될 수 없었다.

하지만 그런 그의 생각과 달리 그녀는 너무나도 무난하게 그를 상대했다.

서로 공격만 주고받을 때보다 방어만 하고 있는 지금 더 검에 힘이 있었던 것이다.

브로디는 그 이유를 어느 정도 짐작하고 있었다.

바로 공방이 그 이유였다.

공격만 할 때는 낯선 상황에 아비게일 후작의 전투 스타일이 나오지 않았지만 방어를 하게 되면서 그녀의 능력이 드러난 것이다.

때문에 오히려 브로디가 난감함을 느껴야 했다.

그녀의 방어는 너무나도 견고했고 뚫기가 힘들었다.

거기다 방심하기 힘든 것이 있었으니, 바로 그녀의 왼손이었다.

푸쾅!

픽!

아비게일 후작이 방어를 하던 도중 왼손을 내밀었다.

손에서 빛이 뿜겨져 나오더니 순간 폭발을 일으켰다.

브로디는 그것을 왼팔로 막았다.

아까 얼굴을 잡혀 머리가 날아갔었던 공격이었기에 이것은 그냥 허용하지 않았다.

"쳇!"

브로디는 공격을 막은 왼팔을 바라봤다.

완전히 너덜너덜해져서는 걸레가 따로 없었다.

이런 상황이 한 두 번이 아니었다.

아비게일 후작은 방어를 하던 와중 왼손의 폭발 공격을 시도했고 그 순간만큼은 조심했다.

폭발 공격인만큼 광범위 피해가 따라왔고 잘못하다 핵이 파괴가 될 수도 있었기 때문이다.

하지만 전체적으로 봤을 아비게일 후작이 불리한 것이 사실이었다.

마나가 거의 바닥에 가까워져 가고 있기에 특별한 일이 일어나지 않는 한 그녀는 브로디를 이기기 힘들었다.

더구나 현재 주변의 상황.

화르르르르!

우지직! 쿠쿵!

산불로 인해 근처는 그야말로 재난 그 자체였다.

엄청난 열기가 두 사람을 압박했고 뜨거움이 피부로 느껴질 정도였다.

빨리 피하지 않으면 잘못될 수도 있지만 전투 중이니 그러지도 못하는 상황인 것이다.

아비게일 후작이나 브로디나 불이 왜 났는지 어느 정도 짐작하고 있었다.

그레이너와 텁의 전투로 인해 일어난 것이란 걸.

그들만큼이나 두 사람의 전투가 치열하다는 뜻이고, 둘 중 어떤 자가 살아남느냐로 인해 그들의 전투에도 영향이 미칠 것은 당연한 일이었다.

그렇게 그들의 전투는 계속 이어졌는데, 어느 순간 이상한 일이 벌어졌다.

전투를 벌이고 있는 두 사람에게 무언가가 빠른 속도로 날아온 것이다.

휘리릭!

두 사람은 공방을 나누던 와중 그것을 확인했다.

"헉!"

한데 살짝 눈썹을 찌푸린 아비게일 후작과 달리 브로디는 헛바람을 집어삼켰다.

그는 굉장히 놀란 듯 전투를 벌이다 말고 그 무언가를 급히 피하려 했다.

아비게일 후작은 이상함을 느꼈지만 그것을 지켜보고만 있지 않았다.

그녀는 브로디가 빠지지 못하게 물고 늘어졌다.

"이런 멍청한!"

아비게일 후작의 행동에 브로디가 욕설을 내뱉었다.

그의 얼굴은 상당히 다급해 보였다.

아까 함정을 팠을 때가 연기였다면 지금은 진심으로 놀란 것으로 보였다.

결국 두 사람 사이로 물체가 날아왔다.

그것의 정체는 바로 누군가의 팔이었다.

신분을 알 수 없는 어떤 자의 뜯겨진 팔이 그들에게 날아왔던 것이다.

때문에 아비게일 후작이 눈살을 찌푸린 것인데, 그렇다면 브로디는 왜 놀란 반응을 보인 것일까.

그 이유는 팔이 쥐고 있는 물건 때문이었다.

바로 도끼.

팔이 붉은색으로 된 도끼를 쥐고 있었던 것이다.

그것이 무엇인지 브로디는 잘 알고 있었기에 피하려 한 것이다.

휘익!

부왕!

도끼를 쥔 팔이 아슬아슬하게 두 사람 얼굴 사이로 지나갔다.

아비게일 후작은 뜯겨진 팔에 맞고 싶지 않았기에 피했고, 그 덕분에 틈이 생긴 브로디도 피할 수 있었다.

'휴.'

브로디는 안도의 눈빛을 보였다.

아비게일 후작은 몰라서 아무렇지 않게 행동했지만 그는 방금 도끼가 텁의 불젠 도끼임을 알고 있었다.

때문에 그것에 적중 당하면 어떻게 될지 잘 알고 있었다.

거기에 브로디는 분노했다.

아비게일 후작의 무지한 행동이 그를 분노하게 만든 것이다.

그는 당장에 쳐 죽이겠다는 기세로 아비게일 후작에게 달려들려 했다.

"죽여주마!"

한데 브로디가 생각지 못한 것이 있었다.

불젠 도끼는 1개가 아닌 2개라는 것.

그리고 그 증거로 브로디가 발을 뗀 순간, 그의 옆구리를 무언가가 강타했다.

뻐억!

"뭐야!"

고통은 없었다.

대신 당황스러움이 그의 몸을 흔들었다.

그는 아무런 기척도 느끼지 못했다.

도대체 무엇이 알지도 못하는 사이 자신을 칠 수 있단 말인가.

그는 가격 당한 옆구리를 바라봤다.

살짝 베어져 있을 뿐 큰 상처는 아니었다.

그런데 상처를 보다 자연스럽게 바닥에 떨어져 있는 물체에 시선이 갔다.

"······!"

브로디의 눈이 커졌다.

그건 또 다른 도끼였다.

바로 텁의 노란 도끼.

그는 경악했고 급히 내부를 확인했다.

"이런!"

이질적인 마나가 옆구리의 상처를 통해 침투했다.

양이 많지 않음에도 불구하고 거침없고 힘이 있었다.

마나는 알아차린지 얼마 되지 않아 금세 마나홀 속으로 들어가 버렸다.

"안 돼!"

한편, 아비게일 후작은 공격을 멈추고 브로디를 지켜봤다.

그녀도 브로디가 공격 받는 모습을 보진 못했지만 뭔가 이상함을 느꼈기 때문이다.

"헉!"

그런데 놀라던 브로디의 눈이 갑자기 커졌다.

그리고 그 순간 브로디의 그림자에서 그레이너가 솟구쳐 올랐다.

그는 브로디의 등을 향해 검을 내질렀다.

"여기였군."

푹!

"끄아아악!"

그레이너의 공격은 그다지 강력하지 않았다.

그냥 간단하게 찔렀을 뿐이었다.

한데 브로디의 반응이 심상치 않았다.

처음으로 고통에 일그러진 표정을 지은 것이다.

"너……!"

브로디는 뒤에 나타난 그레이너를 발견하고는 급히 안전한 곳으로 몸을 날렸다.

그리곤 뒤로 손을 뻗어 등을 만져봤다.

이내 손을 눈앞으로 가져왔을 때, 브로디는 물론 아비게일 후작의 눈도 커졌다.

"피, 피!"

손에 피가 묻어 있었다.

복원 능력으로 인해 어떠한 상처도 문제가 되지 않던 그가 피를 흘리고 있는 것이다.

이것은 한 가지를 뜻했다.

핵이 파괴됐다는 것.

아비게일 후작의 시선이 그레이너를 향했다.

어떻게 된 것인지 묻는 것이다.

그레이너는 불젠 도끼의 마나 침투를 이용했다.

브로디의 몸에 불젠 도끼의 마나를 침투 시킨 후 그것이 마나홀을 공격하게 만든 것이다.

하지만 진짜 그가 노린 건 핵에도 마나를 침투시키는 것이었다.

핵 역시 또 하나의 마나홀이었기에 불젠 도끼의 마나는 분명 침투를 하려 할 것이고, 그로 인해 몸 어디에 핵이 있는지 알려줄 거라 예상한 것이다.

그의 예상대로 마나홀과 핵에 마나가 침투했고 브로디는 핵의 위치를 알려줬다.

바로 등.

그가 마나홀보다 등을 먼저 신경 쓰는 걸 확인한 것이다.

그걸 확인하자마자 그레이너가 핵을 공격한 것이다.

"……."

아비게일 후작의 물음에 그레이너는 대답하지 않았다.

불젠 도끼부터 시작해야 되는 이야기라 지금 상황에 설명하기엔 너무 긴 사정이었기 때문이다.

"크으윽! 이, 이럴 순 없어. 내, 내가 피를 흘리다니. 말도 안 돼!"

브로디는 상당한 충격을 받은 것 같았다.

복원 능력을 가지게 된 후 지금까지 단 한 방울의 피도 흘려본 적이 없기 믿기지 않는 것이다.

거기다 오랜 세월 고통을 느껴보지 못했던 그가 아픔을 느끼게 되었으니 그 충격은 대단하리라.

"이놈, 블랙8!"

피 묻은 자신의 손을 바라보던 브로디는 그레이너에게 시선을 옮겼다.

모든 것이나 다름없던 복원 능력을 파괴시킨 그에게 분노를 느끼는 건 당연했다.

당장에라도 달려들 것 같은 브로디의 모습에 그레이너는 준비했다.

복원 능력이 없더라도 브로디의 실력이 사라지는 건 아니었기에 방심할 수 없는 것이다.

이미 상대를 해본 아비게일 후작도 그것을 알기에 브로디의 움직임을 주시했다.

그런데 브로디는 그들의 예상을 깨는 행동을 하고 말았다.

타탓!

갑자기 신형을 돌리더니 도망치기 시작한 것이다.

CHAPTER **05**
계략 수립

죽은 자들의 왕

그레이너의 눈썹이 꿈틀거렸다.

그는 즉시 뒤를 쫓으려 했다.

한데 그 순간,

쉬악!

뒤에서 날카로운 바람 소리가 들렸다.

그레이너는 즉시 허리를 뒤틀며 왼손에 있던 검을 휘둘렀다.

창!

아비게일 후작이었다.

어이없게 그녀가 공격을 한 것이다.

아비게일 후작은 다시 공격을 해왔고 그레이너는 그것을 쳐내며 뒤로 물러섰다.

"뭐하는 짓이지?"

"내가 도망치는 것을 그냥 두고 볼 것 같나?"

"도망? 내가 도망치는 것으로 보이나? 그리고 지금 중요한 건 내가 아니라 저놈일 텐데?"

"아니, 능력을 상실한 디로드 놈은 더 이상 문제가 안 돼. 쓰레기에 불과하니까. 그러니 이제부터 진짜 문제는 신분을 숨기고 아즈라 왕국의 기사 행세를 한 블랙 클라우드의 어쌔신이 문제인 거지."

"……."

아비게일 후작이 눈치챘을 거라고 이미 예상하고 있던 그레이너였다.

브로디, 텁과의 대화를 들었으니 짐작하지 못했을 리가 없기 때문이다.

"하지만 이제는 아니라는 것도 알 텐데."

"아니라도 블랙 클라우드의 어쌔신이었다는 신분이 사라지는 것은 아니지. 거기다 블랙 클라우드가 디로드에 의해 만들어진 단체이니 더 큰 문제이고."

"대화를 들었다면 내가 디로드라는 곳과 관련이 없다는 것을 모르지 않을 텐데? 난 디로드가 어떤 단체인지 모른다. 당신의 에티안도 마찬가지고."

"글쎄, 그럴 수도 있겠지. 하지만 잠깐의 대화로 내가 그것을 믿을 수 있다 여기는 건가? 신분을 숨기고 아즈라에 잠입한 자의 말을?"

"좋아, 그럼 물어보지. 내가 왜 신분을 숨기고 아즈라 왕국을 도왔다 생각하나?"

"그 질문에 대한 답은 내가 들어야 할 것 같은데?"

"후작, 방금 당신이 말한 걸 잊은 건가? 이미 날 믿지 못한다고 말했는데 내가 진실을 말한다고 믿을까?"

"……."

"그러니 난 다른 방식으로 당신을 설득시키는 수밖에. 자, 말해보지. 왜 블랙 클라우드의 어쌔신이었던 내가 목숨을 걸고 아즈라를 돕고 있을까?"

그레이너가 이런 식으로 도리어 질문을 할 줄은 몰랐지만 아비게일 후작은 당황하지 않았다.

그녀는 바로 대답했다.

"가장 확률이 높은 건 첩자겠지."

"첩자라, 가장 기본적인 대답이군. 이유는?"

"많은 것이 되겠지. 정치적 분란이나 모략, 요인 암살, 기밀 유출 등."

"그럼 나를 보냈을 만한 세력은?"

"서국 연합이 가장 유력하지. 결정적으로 어윈, 코랄, 밀렘 후작 세 사람을 살리려 했으니까."

그레이너의 시선이 그 세 사람을 향했다.

기절시켜 한쪽에 놔두었던 그들은 어느새 싸늘한 시신이 되어 있었다.

브로디가 죽인 것이다.

"그렇다면 서국 연합은 어떤 조건으로 첩자를 제의했을 것 같지?"

"글쎄, 배신자로 낙인 찍혔으니 블랙 클라우드로부터의 보호 말고는 감이 잡히는 게 없군. 사실 그마저도 아니라고 생각되지만. 당신 정도의 실력자를 겨우 그런 조건으로 움직이기도 힘들 뿐더러, 결정적으로 첩자로 보냈을 리가 없을 테니까."

"……."

아비게일 후작은 말을 하고 보니 자신의 말에 이상한 점이 많다는 것이 느껴졌다.

그레이너의 말대로 가설을 만들어 보니 오히려 그의 행동이 말이 되지 않았기 때문이다.

'그러고 보니 아까 브로디라는 자가 한 말 중에 그레이너라는 이자가 어쌔신 세계를 떠났다고 했다. 또 이 자리에 있는 게 의뢰가 아니라고 했지. 개인적인 이유일 거라고.'

그레이너는 그에 대해 대답하지 않았지만 브로디의 짐작이 틀리지는 않는 분위기였다.

그렇다는 건 그녀의 가설은 하나도 맞지 않는 것이며 진짜 이유는 따로 있다는 것이 아니겠는가.

"……."

그레이너는 조용히 아비게일 후작을 바라봤다.

그녀의 생각을 아는지 모르는지 잠시 후 그가 나지막하게 말했다.

"내겐 혈육이 한 명 있소."

그레이너의 말에 생각에 잠겨 있던 아비게일 후작의 시선이 그를 향했다.

"동생이지."

"……."

"그 녀석이 아즈라 왕국의 사람이오."

아비게일 후작의 눈빛이 살짝 변했다.

'개인적인 이유.'

그녀는 그레이너의 눈을 바라봤다.

그레이너는 그런 그녀의 시선을 피하지 않다.

그 역시 아비게일 후작의 눈을 바라봤고 잠깐 동안 두 사람은 눈을 마주친 채 가만히 있었다.

그러다 그녀가 말했다.

"동생의 이름이 뭐죠?"

"그건 말할 수 없소."

"말하지 않으면 당신에 대한 의심은 지워지지 않아요."

"그럼 동생의 이름을 말하면 나에 대한 모든 의심이 지워지오?"

"……."

"어차피 내가 뭘 말하든 나에 대한 후작의 의심은 지워지지 않소. 그러니 동생에 대한 건 더 이상 묻지 마시오. 더불어 알아두시오. 아즈라 왕국의 후작이면서 에티안이라는 비밀 세력에 속한 당신을 나 역시 믿지 못하니까."

아비게일 후작은 침묵했다.

마치 그 경우는 생각지 못했다는 듯.

그레이너는 일부러 진실을 이야기했다.

어떤 상황에선 진실만이 가장 효과적일 수 있고 지금이 바로 그런 상황이었기 때문이다.

그리고 아즈라 왕국을 지키기 위해선 아비게일 후작의 힘이 필요했다.

아니면 그녀의 배경으로 생각되는 에티안일지도.

휘릭!

찰칵!

잠시 후, 갑자기 아비게일 후작이 검을 검집에 집어넣었다.

그리곤 말했다.

"지금부터 옆에서 당신을 주시하겠어요. 만약 불온한 움직임이나 의심되는 행동을 한다면 그땐 검을 다시 검집에 집어넣는 일은 없을 거예요."

아비게일 후작의 경고는 기분 나쁠 정도로 차가웠다.

하지만 그레이너는 화내지 않았다.

자신이 진실을 밝힌 만큼 그녀도 한 발 물러선 것이기 때문이다.

"마음대로 하시오. 하지만 당신도 알아두시오. 나 역시 당신이 다시 내게 검을 들이댄다면 그땐 오늘과 같은 설득은 없다는 걸."

그 말에 아비게일 후작이 싸늘하게 변했다.

그녀는 그레이너를 노려보다가 신형을 돌려 몸을 날렸다.

산불은 주체할 수 없이 커졌고 더 이상 그 자리에 있을 수 없었기 때문이다.

그레이너는 아비게일 후작이 멀어지는 것을 보다가 좀 전 브로디가 달려간 방향을 바라봤다.

당연히 브로디의 모습은 이미 사라지고 없었다.

그를 죽이지 못한 것이 아쉬웠다.

'귀찮아지겠군.'

브로디로 인해 자신에 대한 소식이 알려질 것이 분명했다.

그러면 어떻게 될지는 뻔한 일.

그걸 알면서도 그레이너는 지금 신분을 버릴 수 없는 상황이었다.

때문에 누가 자신을 찾아오든 방법은 하나뿐이었다.

상대하는 것.

'설사 그것이 블랙 클라우드의 마스터인 로젠블러라도 말

이지.'

이윽고 그레이너도 신형을 돌렸다.

그리곤 아비게일 후작이 사라진 방향으로 몸을 날렸다.

그의 신형은 눈 깜짝할 사이에 사라졌다.

* * *

"왕실회의를 이용하는 겁니다."

아즈라 왕국의 태양별궁.

에드리언 일왕자와 참모 캐플런 백작이 누군가와 대화를 나누고 있었다.

그자는 바로 청부길드 클레어몬트의 아즈라 왕국 지부장 베르두였다.

베르두의 말에 캐플런 백작이 놀란 얼굴을 했다.

"왕실회의를 말인가?"

"그렇습니다."

"왕실회의에서 무슨 일을 벌인단 말인가? 설마 거기서 이 왕자를 치자는 건 아니겠지?"

"역시 눈치가 빠르시군요, 맞습니다."

"허!"

베르두의 대답에 캐플런 백작은 황당한 표정이 되었다.

그리고 그건 옆에 있는 에드리언 일왕자도 마찬가지였다.

캐플런 백작이 찌푸린 표정으로 말했다.

"이보시게, 베르두 지부장. 자네가 왕실의 실정에 대해 모르고 너무 쉽게 생각을 했군."

"무슨 말씀이신지?"

"자네가 말한 계획에 답을 하자면 그건 애초에 불가능하네. 왜냐하면 왕실회의는 그 어떠한 일도 꾸미거나 벌일 수 없도록 법령이 정해져 있기 때문이야."

"……."

"왕국 초창기 아즈라 왕실은 왕실회의에서 어떠한 위협이나 행동도 용납하지 않는다 천명했네. 전신이었던 라비브 왕국이 왕실회의에서 수많은 계략과 사건을 겪으면서 멸망했기 때문이지. 그로 인해 아즈라 왕실은 강력하면서도 무거운 법령을 제정했고, 지금까지 역사적으로 수많은 내전이 벌어졌지만 왕실회의에선 단 한 번의 전투도 일어나지 않았지. 바로 그 법령 때문에 말일세. 그러니 자네가 말한 그 계획은 애초에 불가능한 것이네."

"훗."

베르두는 고개를 끄덕였다. 에드리언 일왕자와 캐플런 백작이 기분 나쁘지 않을 정도의 은은한 미소를 짓더니 이윽고 말했다.

"백작님, 저 역시 그 사실을 잘 알고 있습니다."

"알고 있다고? 한데 어찌 그런 말도 안 되는 계획을 세웠단 말인가?"

"에드리언 왕자 저하께서 왕위를 손에 넣으려면 이 방법밖에 없기 때문입니다."

"뭣이라?"

침묵으로 일관하던 일왕자의 입이 처음으로 열렸다.

그가 살짝 찌푸린 표정으로 말했다.

"이 방법밖에 없다니 그게 무슨 소리냐?"

"지금 현재 어쌔신을 이용한 공격을 주고받고 있는데, 그것은 한계가 있습니다. 왕궁경비대의 눈을 피해야 하기 때문에 소수의 인원밖에 투입할 수 없고, 이왕자가 대비를 하고 몸을 숨기기라도 한다면 성공할 확률이 희박해 집니다. 겪어 보셔서 아시지 않습니까?"

"음."

"때문에 다른 방법을 써야 하는데 현재 상황으로선 한 가지밖에 없습니다. 바로 은밀한 습격이 아닌 상대를 끌어내 눈앞에서 숨통을 끊는 방법입니다."

일왕자의 눈빛이 차가워졌다.

"그게 왕실회의란 말이냐?"

"그렇습니다. 왕실회의에 대한 인식은 두 분의 머릿속에도 고정관념처럼 박혀 있습니다. 절대 전투를 일으킬 수 없는 곳, 안전한 곳이라고 말이지요. 당연히 델핀 이왕자도 마찬가지로 똑같이 생각할 것이고, 숨어 있던 그가 유일하게 모습을 드러낼 곳은 왕실회의가 될 것입니다. 결국 이왕자를 처리할 수 있는 기회는 왕실회의밖에 없는 것이지요."

"……."

에드리언 일왕자와 캐플런 백작의 시선이 닿았다. 베르두의 말이 타당하다 여겨지는지 처음과는 달리 반대의 눈빛이 누그러졌다. 하지만 역시나 부담스러운 감정이 아직까지 남아 있었다.

그것을 알고 베르두가 말했다.

"왕실회의 습격 계획을 세우면서부터 왕자 저하께서 결정 내리기가 쉽지 않을 것임을 알고 있었습니다. 저희 쪽에도 이 계획은 말씀드려도 받아들여지지 않을 것이란 의견이 지배적이었으니까 말입니다. 하지만 그럼에도 결국 이것을 말씀드리는 이유가 뭔지 아십니까?"

"무엇이냐?"

"바로 왕위와 직결된 일이기 때문입니다."

"……."

에드리언 일왕자와 캐플런 백작의 눈이 살짝 커졌다.

"목적을 이루기 위해선 고난과 위험이 따릅니다. 당연히 원하는 목적이 크면 클수록 고난과 위험 또한 커짐을 왕자 저하께서도 모르시진 않으시겠지요. 왕좌는 엄청나게 커다란 목적이고 그에 비례한 고난과 위험은 작을 수가 없습니다. 전 그것을 감안했고 왕자 저하께 이 계획을 제안해도 될 거라 여겼습니다. 왜냐하면 고난과 위험이 대단하다 하더라도 저하는 왕좌를 위해서 모두 헤쳐나가실 수 있는 분이시니까 말입니다. 그렇지 않습니까?"

"……."

에드리언 일왕자는 바보가 아니었다. 베르두가 하는 말이 입에 발린 소리임을 모르지 않았다. 하지만 그럼에도 뭐라 하지 않았다. 그 이유는 베르두의 말이 틀리지 않았기 때문이다.

왕위는 말 그대로 거대한 목적이고 그것을 손에 넣는 것이 어려운 건 당연했다. 때문에 고난과 위험을 감수해야 했고 베르두는 그것을 강조하고 있는 것이다.

일왕자는 고민했다. 아무리 베르두의 말에 타당하다 해도 쉽게 결정할 문제가 아니었다.

결국 고심을 하던 일왕자가 입을 열었다.

"계획을 세웠다면 성공시킬 만한 세부 계획까지 가져왔겠지?"

승낙과 다름없는 말에 베르두가 미소를 지었다. 그는 즉시 고개를 끄덕였다.

"그렇습니다."

"말해 보거라."

"어찌할 것이냐 하면 먼저……."

베르두는 누가 듣기라도 하는 듯 조용히 계획을 설명하기 시작했다.

그 분위기에 동화된 것처럼 에드리언 일왕자와 캐플런 백작도 집중해서 이야기를 들었다.

잠시 후, 모든 설명이 끝나자 에드리언 일왕자와 캐플런 백작은 고개를 끄덕였다.

그리고 움직이기 시작했다.

＊　　　＊　　　＊

"추악한 놈들."

"비열한 자식들."

왕실회의가 벌어질 왕궁 대전.

그곳엔 이미 많은 귀족들이 자리를 하고 있었다.

그런데 분위기가 그다지 좋지 않았다. 일왕자 파와 이왕자 파 귀족들이 멀리 자리를 하고선 서로를 향해 욕설을 내뱉고 있었기 때문이다.

이들이 이러는 이유는 서로에 대한 어쌔신 공격이 더욱 심해진 상태였기 때문이다.

어쌔신 습격은 공공연한 비밀로 모르는 사람이 없었다. 알면서도 서로 모르는 척 행동을 하고 있는 중이었는데 그것이 감정의 골을 더 깊게 만들고 있었던 것이다.

"으음……."

"허허, 이거 참."

한편, 가운데에 끼어 있는 중립파는 불편하기 그지없는 표정들을 보이고 있었다.

그들 입장에선 전쟁이 벌어진 이때 왕권 다툼을 벌이고 있는 일왕자, 이왕자 파 귀족들이 한심해 보였다. 나라가 위기에 빠진 이때 싸움이라니. 위기가 곧 기회라는 말처럼 지금의 상황을 이용해 보려는 것은 이해하지만 마음에 들지 않는 것은 당연했다.

하지만 그럼에도 뭐라 하지 못하는 것이 만약이라도 이번 일로 인해 결판이 난다면 왕위가 결정될 수 있었다. 때문에 섣불리 나서서 눈밖에 벗어나는 일을 벌일 수는 없는 것이다.

웅성웅성!

시간이 지나자 일왕자, 이왕자 파 귀족들의 서로에 대한 비방은 점점 사라져갔다. 그리고 그들의 대화는 어느새 전쟁에 대한 것으로 흘러갔다.

현재 왕실회의는 거의 매일 열리고 있었다. 전장에 대한 보고와 상황, 상주한 문제 등 해결하고 논의해야 할 일이 한두 가지가 아니었기 때문이다.

그렇게 이런저런 이야기를 하고 있는 그때.

"에드리언 왕자 저하께서 듭시옵니다!"

일왕자가 대전에 나타났다.

귀족들은 모두 자리에서 일어났는데 전부 고개를 갸웃거

렸다. 그 이유는 일왕자가 너무 빨리 나타났기 때문이다.

왕실회의가 있을 때면 일왕자와 이왕자는 늘 눈치싸움을 했다. 서로 가장 마지막에 나타나기 위해 일부러 시간을 끄는 일이 다반사였다. 그 때문에 아예 나타나지 않은 적도 있어 왕실회의가 무산된 적도 한두 번이 아니었다.

그런 일왕자가 오늘은 왕실회의가 준비되자마자 나타났으니 모두 의아함을 느낄 수밖에 없는 것이다.

일왕자는 이윽고 자신의 자리에 가서 앉았다.

"모두 자리에 앉으시오."

그의 말에 귀족들은 다시 자리에 앉으려 했는데, 이어서 들려온 외침에 그럴 수가 없었다.

"델핀 왕자 저하께서 듭시옵니다!"

"허허, 이왕자 저하까지?"

델핀 이왕자도 도착했다는 말에 귀족들은 황당한 표정을 지을 수밖에 없었다.

뒤이어 이왕자가 도착했다는 건 이왕자 역시 일왕자를 기다리지 않았다는 뜻이었다. 그렇지 않으면 일왕자가 나타난 즉시 도착할 수는 없기 때문이다.

대전에 들어선 델핀 이왕자는 일왕자가 있는 걸 흘깃 보고는 자신의 자리에 앉았다. 그까지 자리에 앉자 드디어 귀족들은 다시 앉을 수 있었다.

두 왕자가 도착하자 왕실회의는 시작되었다.

본격적으로 회의가 진행되자 대전은 고성이 오갔다. 이런 상황엔 이렇게 해야 한다, 저런 상황엔 저렇게 해야 한다는 식의 다툼이 계속되었고 그것은 회의를 지지부진하게 만들었다.

하지만 이런 분위기가 익숙한 듯 대부분 놀라거나 긴장하는 모습을 보이진 않았다. 최근 왕실회의가 거의 다 이런 식으로 흘러왔기에 그다지 특별한 상황은 아니었던 것이다.

그런데 회의가 진행되는 와중 일왕자의 시선은 중간 중간 다른 곳을 향했다. 바로 그와 함께 대전으로 들어와 한쪽에 자리하고 있는 호위기사와 수행원들을 향해서였다.

호위기사 5명, 수행원 15명 총 20명으로 이루어져 있었는데, 그들 중에 익숙한 얼굴이 있었다.

바로 청부길드 클레어몬트의 아즈라 왕국 지부장 베르두였다.

그는 수행원 중 한 명으로 위장하고 있었는데, 잘 보니 수행원들이 모두 낯설었다. 에드리언 일왕자의 원래 수행원들이 아닌 다른 자들로 보였다.

베르두는 일왕자가 눈빛을 주자 보이지 않게 고개를 끄덕였다. 그러더니 옆에 기사와 수행원들에게 뭐라고 말하는 것이 아닌가.

그러자 기사들은 그 자리에 있고 수행원들은 베르두를 따라 어딘가로 움직이기 시작했다.

사람들은 그들의 움직이는 걸 알지 못했다. 아니 신경 쓰지 않았다. 수행원들의 움직임에 귀족들이 일일이 신경 쓸 리가 없는 것이다.

베르두와 수행원들은 눈에 띠지 않게 대전을 빙 둘러 반대쪽으로 가려는 것으로 보였다.

왜 그러는지는 즉시 알 수 있었다.

반대쪽으로 돌아가 이왕자의 뒤를 치려는 것이다.

그렇게 수월하게 움직이고 있는 그때, 예상치 못한 일이 벌어졌다.

"……."

베르두와 수행원들이 걸음을 멈췄다.

그 이유는 그들과 비슷한 무리와 마주쳤기 때문이다.

상대 역시 수행원 복장을 하고 있었는데 똑같이 15명으로 이루어져 있었다. 그것으로 보아 그들이 누군지 즉시 알 수 있었다.

바로 이왕자의 수행원들인 것이다.

한데 그들이 왜 이왕자 곁이 아닌 자신들과 마주친단 말인가.

베르두의 시선이 상대편을 향했다.

상대편에서도 무리의 우두머리로 보이는 자가 베르두를 바라봤다.

두 사람은 서로의 눈빛을 마주보더니 무언가를 깨달았다

는 듯 눈이 커졌다.

그러더니 동시에 외쳤다.

"쳐라!"

"공격하라!"

두 사람의 말이 끝나기도 전에 양쪽 수행원들의 옷을 펄럭였다.

스르릉!

스랑!

그러자 몸에서 검이 나오는 것이 아닌가.

"이야아아아!"

"차핫!"

채채챙!

카캉! 따당!

그들은 즉시 서로를 공격해 들어갔다.

순식간에 검광이 난무했고 살기가 뿜어지기 시작했다.

"뭐, 뭐야!"

"이게 무슨 일이야!"

갑작스런 상황에 사람들은 크게 놀랐다.

왕실회의를 하는 도중 갑자기 전투가 벌어졌으니 놀라지 않을 수 없는 것이다.

"아니 어떻게……!"

에드리언 일왕자는 크게 놀란 모습을 보였다.

그런데 그 놀람이 다른 이들과 달랐다.

그가 놀라는 건 전투 때문이 아닌 베르두를 상대하고 있는 이왕자의 수행원들 때문이었다.

사실 오늘 베르두의 계획은 이러했다.

첫 번째, 클레어몬트의 청부사들을 그의 수행원들로 위장시킨 다음 같이 왕실회의에 참석한다.

두 번째, 회의가 무르익어 갈 때쯤 기사들은 일왕자를 지키고 베르두를 비롯한 청부사들이 이왕자를 공격한다.

그 외 나머지 세세한 부분이 있지만 이 두 가지가 큰 줄기였고 일은 어렵지 않게 진행될 거라 예상했다.

한데 이왕자 쪽에서 자신들과 비슷한 움직임을 보인 것 아닌가.

이것은 전혀 예상하지 못한 상황이었기에 그는 크게 놀라지 않을 수 없었다.

일왕자의 시선이 이왕자를 향해 획 하고 돌아섰다.

그때 델핀 이왕자도 그를 향해 고개를 돌리고 있었다.

"감히……!"

"이……!"

둘은 동시에 일그러진 표정을 지었다.

서로 상대가 왕실회의에서 습격을 하려 했다는 것에 분노한 것이다.

자신들이 한 행동이 똑같은 걸 생각지 않고 상대가 한 일에 대해서만 분개하고 있었다.

살벌한 전투가 벌어지자 귀족들은 급히 물러났다.

뒤이어 근위기사들 나섰다.

그것을 보자마자 일왕자와 이왕자가 동시에 소리쳤다.

"근위기사들은 모두 멈춰라!"

두 사람의 외침에 달려가던 근위기사들이 정지했다.

일왕자와 이왕자는 같이 소리친 것 때문에 다시 서로를 바라봤다. 그러더니 근위기사들을 향해 말했다.

"이건 우리들의 일이다! 그러니 나서지 마라!"

"우리가 해결할 일이니 끼어들지 말도록!"

"……."

두 사람의 말에 근위기사들은 난감한 표정을 지었다.

왕실회의에서 전투를 벌이는 것이니 그냥 두고 볼 수 없는 일이지만 그렇다고 나서기도 어려웠다. 두 왕자의 싸움을 그들이 모르는 것도 아닌 데다 두 왕자가 나서서 명령을 내리니 참견하기가 힘들었다.

"근위대장님, 어찌해야 합니까?"

근위기사들은 상관에게 어떻게 할지를 물었다.

"음……."

근위대장은 쉽사리 대답하지 못했다. 지금까지 이런 상황이 전혀 없었고, 또 있을 거라 생각도 못해봤기에 판단내리기 어려운 것이다.

결국 그렇게 전투가 본격적으로 벌어지자 일왕자와 이왕자 파 귀족들은 어느 정도 상황을 파악하기 시작했다.

두 왕자가 왕실회의에서 서로를 습격하려한 것을 눈치챈 것이다.

때문에 지금 이 일이 작금의 상황에 얼마나 큰 영향을 미칠지 바로 알 수 있었다.

딱!

그러자 몇몇 귀족들이 고민을 하더니 뒤에서 대기하고 있던 자신의 호위기사들에게 신호를 줬다.

자신들이 속한 무리를 도우라는 뜻인 것이다.

그걸 알아들은 기사들이 하나 둘 고개를 끄덕이고는 움직였다.

"죽어라!"

"이야아아!"

카카캉!

창!

그렇게 되자 싸움이 점점 커지기 시작했다.

처음엔 몇 명이 합류하더니 뒤에 가선 대전 안에 있던 두 세력의 호위기사 전부가 전투에 끼어든 것이다.

와아아아아!

결국 대전은 싸움을 넘어 전쟁터가 되었다.

살기와 피가 난무하고 팔다리가 떨어져나가는 것은 물론

죽는 자들까지 나왔다.

"이런……."

근위대장은 굳은 표정을 지었다.

망설이는 사이 이제는 멈출 수 없는 상황이 되었기 때문이다.

이 상황을 멈출 수 있는 사람은 일왕자와 이왕자였는데, 그들의 또한 다른데 신경 쓸 상태가 아니었다.

"이놈 왕실회의에서 나를 죽이려 하다니!"

"흥! 그건 형님 역시 마찬가지 아니오! 이제 보니 준비를 하지 않았다면 큰일 날 뻔했군!"

"누가 할 소릴!"

두 사람은 당장이라도 달려들어 싸울 것처럼 붉어진 얼굴로 상대를 비방하고 있었다.

둘 다 오늘 상대를 치려고 준비하지 않았다면 죽었을지도 모르는 상황이었기에 그 분노는 머리끝까지 치달은 상태였다.

두 사람이 그런 상황이니 문제가 해결될 리가 없었고 근위대장의 표정은 더욱 안 좋아졌다.

'안 되겠다. 병력을 불러와야겠다.'

결국 근위대장은 병력을 불러오기로 했다.

전투를 멈추기 위해선 지금 병력으로 턱도 없기 때문이다.

"자네들, 따라오게."

근위대장은 몇 명의 기사를 대동하고 문으로 향했다.

그런데 문에 거의 도착할 때 쯤.

쾅!

대전의 문이 갑자기 활짝 열렸다.

그에 근위대장의 얼굴이 밝아졌다.

소란을 듣고 왕궁경비대가 도착했다 여긴 것이다.

"응?"

그런데 밝아졌던 그의 표정이 이상하게 변했다.

그것은 점점 심각하게 변해갔고 종국에는 놀라서 숨도 제대로 쉬지 못하는 것이 아닌가.

그는 한쪽 무릎을 꿇었다.

그리고는 열린 대전 문으로 나타난 사람을 향해 소리쳤다.

"구, 국왕 전하!"

CHAPTER **06**

급변하는 아즈라

죽은자들의왕

"뭐, 뭐라고?"

"지금 무슨……."

근위대장의 외침에 대전에 있던 모든 사람들의 움직임이 마치 짠 것처럼 동시에 멈췄다.

귀족들뿐만이 아니었다.

전투를 벌이던 기사와 청부사들까지 전부 공격하던 그대로 멈춰버렸다.

그리고 거기엔 에드리언 일왕자와 델핀 이왕자까지 포함돼 있었다.

일왕자와 이왕자는 자신들이 잘못들은 것이 아닌가 생각

했다.

자신들의 아버지인 맥기본 왕은 혼수상태였다.

그야말로 식물인간이나 다름없는 것이다.

그런 아버지가 어떻게 대전에 나타난단 말인가.

믿을 수 없는 일이었기에 서로를 향하던 시선을 문으로 돌렸다.

열린 문으로 여러 명의 인영이 있었다. 그중 가장 먼저 눈에 띤 것은 로즈 공주였다.

공주는 왕실회의에도 나오지 않고 자신의 처소에만 처박혀 있었는데 어쩐 일인지 이 자리에 나타나 있었다.

그런데 중요한 건 그녀가 맨 앞에 자리하고 있지 않다는 것이었다. 그녀는 누군가의 뒤쪽에 자리하고 있었고 자연히 두 사람의 시선은 그 사람을 향해 옮겨갔다.

"아, 아니……!"

"이럴 수가……."

에드리언 일왕자와 델핀 이왕자의 눈이 서서히 커졌다.

점점 커지던 그들의 눈은 종국에 찢어질 것처럼 더 이상 떠지지 않을 정도로 벌어졌다.

회색 모발에 근엄하면서 냉랭한 얼굴, 피골이 상접할 정도로 빼빼 말랐으면서도 눈빛에선 위엄과 무게감이 가득한 노인.

두 왕자가 절대 모를 수 없는 사람이었다.

노인은 대전을 둘러봤다.

전투로 엉망진창이 되어 있는 대전은 그야말로 난장판이
따로 없었다.

노인의 눈에선 차가운 분노가 뿜어져 나왔다.

그가 다리를 들어 바닥을 내리찍었다.

쾅!

"지금 이게 뭐하는 짓들이냐!"

노인의 외침에 대전이 울렸다.

앙상할 정도로 말라 아무런 힘도 없을 것 같은데 목소리가
우렁차기 그지없었다.

때문에 안에 있던 모두가 움찔거렸다.

그리고는 누구나 할 것 없이 동시에 바닥에 엎드리며 소리
쳤다.

"국왕 전하를 뵈옵니다!"

*   *   *

고오오오…….

대전에 정적이 흘렀다.

얼마나 적막한지 공기 흐르는 소리가 대전을 울릴 정도였
다.

노인, 바로 맥기본 왕은 어느새 왕좌에 자리하고 있었다.

그는 냉랭한 눈빛으로 아래를 내려다봤다.

그의 시선이 향한 대전 바닥엔 귀족을 비롯한 대부분의 이들이 엎드린 채 고개를 숙이고 있었다.

꿀꺽…….

엎드려서 고개도 들지 못하고 있는 사람들은 긴장감에 마른침을 삼켰다.

맥기본 왕이 등장한 후 대전은 깨끗이 정리가 되었고, 모두 혼수상태에서 깨어난 그를 맞이하기 위해 지금처럼 엎드려 예를 취하게 되었다.

한데 어찌된 건지 그 이후 맥기본 왕은 단 한마디도 하지 않고 있었다. 일어난 일을 두 눈으로 똑똑히 봤으니 호통을 치든 화를 내든 뭐라 해야 하는데 아무런 말도 하지 않고 가만히 있는 것이다.

왕좌에 앉아 조용히 바라보는 맥기본 왕의 시선에 모두 미칠 것만 같았다. 그 이유는 맥기본 왕이 어떤 왕인지 대부분 알기 때문이다.

쓰러지기 전 맥기본 왕의 영향력은 막강했다. 그는 강력한 카리스마와 지도력을 가진 왕으로 왕권을 이용할 줄 아는 왕이었다.

냉철하고 냉정한 성격을 가진 그는 모든 일에 철저했다. 어떠한 일에도 인정에 치우친 일처리는 용납하지 않았고 잘못을 하고 죄를 저질렀다면 설사 그것이 가족이라 해도 가차 없었다.

그런 성정으로 인해 아즈라 내에서 그의 말을 거역할 수 있는 사람은 아무도 없었다.

어느 정도냐 하면 너무나도 강한 카리스마로 인해 다른 나라들에까지 영향력이 미칠 정도였다.

그는 상업이 아즈라의 무기임을 알고 있었고 그걸 이용할 만한 능력이 있었다. 상업을 이용해 서국 연합과 동국 연합 모두와 줄다리기를 했고 결과적으로 모두에게 이익이 돌아가게 만들었다. 그것이 쉬운 것이 아니었기에 두 연합의 군주 모두가 감탄했고 그를 인정하지 않을 수 없었다.

때문에 그가 쓰러지기 전까지 아즈라는 대단한 영향력과 외교력을 행사했고 누구도 아즈라를 함부로 하지 못했다.

그런 맥기본 왕이 혼수상태에서 깨어나 예전과 다름없는 위엄으로 그들을 주시하니 긴장이 되지 않을 수가 없는 것이다.

"근위대장."

이윽고 맥기본 왕이 입을 열었다. 그의 부름에 근위대장이 즉시 답했다.

"예, 전하!"

"분란을 일으킨 이들을 전부 감옥에 가두어라."

"……!"

맥기본 왕의 나직하지만 또렷한 명령에 사람들이 신형이

크게 흔들렸다.

"저, 저……."

"아니 그……."

그들은 변명을 해보려 했다.

한데 그전에 누군가가 나섰다.

"전하, 한 말씀 올려도 되겠사옵니까?"

그자는 바로 중립파의 수장 로드리오 공작이었다.

예전 쓰러지기 전의 모습과 달라진 공작을 보자 맥기본 왕의 눈에 이채가 떠올랐다.

"음, 로드리오 공작이시군. 머리색은 변했어도 얼굴은 그리 달라지지 않으셨구려. 말해보시오."

맥기본 왕의 허락에 공작이 자리에서 일어났다. 그리고는 예를 취했다.

"먼저 말씀을 드리기 전에 온전한 모습으로 깨어나신 것에 대해 신께 감사드립니다. 그동안 얼마나 걱정을 했는지 모른답니다."

"고맙소이다. 공작의 마음, 잘 알겠소. 그래, 하려는 말이 무엇이오?"

"드리고 싶은 말은 왕실회의에서 문제를 일으킨 자들의 처벌을 잠시 보류해 달라는 겁니다."

"……!"

로드리오 공작의 말에 일왕자와 이왕자 파 사람들 얼굴이 밝아졌다. 그들은 희망 섞인 눈빛으로 맥기본 왕과 공작의 얼굴을 바라봤다.

맥기본 왕은 아무런 변화 없는 표정으로 물었다.

"이유가 무엇이오?"

"전하, 혹시 지금 아즈라 왕국의 상황이 어떤지 아시는 지요?"

"방금 깨어난 내가 알 리가 없지 않소. 말해보시오."

"현재 아즈라는 서국 연합의 세 나라로부터 공격을 받고 있습니다. 노미디스 제국, 네바로 왕국, 로카 왕국 3개국으로 그로 인해 아주 위험한 상황이지요. 현재 왕국의 소드마스터인 리프나이더, 오그레이, 아비게일 세 후작이 침공을 막기 위해 전쟁터로 떠났고 치열한 전투를 벌이고 있습니다."

"그런 일이 벌어졌군. 전장의 상황은 어떻소?"

"다행히 세 나라의 진군을 멈추게는 했지만 그다지 좋은 상황은 아닌 것으로 알려오고 있습니다. 상대 세 곳에서도 소드마스터를 투입시켰기에 우리만의 힘으로는 밀어내기 어려울 것으로 사료되옵니다."

"그렇구려."

로드리오 공작의 이야기에 맥기본 왕은 뭔가를 생각했다. 그런데 정신을 차리자마자 전쟁이 일어났다는 소식을 들었는데도 불구하고 맥기본 왕은 전혀 놀라는 반응을 보이지 않고 있었다.

공작은 그 모습을 보고 역시 맥기본 왕이라 생각했다. 오랫동안 혼수상태로 있다 깨어난 것이니 모든 것이 낯설고 어색할 텐데 조금의 흔들림도 없는 것이 예전 그대로였다. 몸은 약해졌는지 몰라도 왕으로서의 위엄은 조금도 줄어들지 않은 것이다.

이윽고 생각을 마친 맥기본 왕이 말했다.

"그래서 공작이 하려는 말이 무엇이오? 나라가 위기에 빠졌으니 저들을 봐달라는 뜻이오?"

"봐주다니요. 죄를 지었는데 어찌 그것을 그냥 모른 채 하겠습니까."

공작의 말에 순간 엎드려 있던 자들이 움찔했다. 하지만 다음에 나온 말에 그들은 다시 안도의 표정을 지었다.

"제가 드리고 싶은 말은 벌을 내리되, 전쟁을 끝내고 나라가 안정을 찾을 때까지만 미루시는 것이 좋을 것 같다 권유하는 것이 옳니다. 이들 대부분이 본국의 중추에 있는 자들이라 감옥에 갇히게 되면 국정에 문제가 생길 수 있습니다. 이런 상황에 그런 일이 벌어지면 안 되지 않사옵니까? 그러니 다시 한 번 생각해 주시기를 간청 드립니다."

로드리오 공작의 말은 다른 의도 없이 진심이었다. 문제를 일으킨 자들이 동정하거나 불쌍해서가 아니라 정말 이들이 전부 감옥에 가면 국정이 마비될 수 있기에 나서서 청을 한 것이다.

그런 마음을 아는지 모르는지 문제를 일으킨 자들은 자신들을 두둔해 준 공작에게 고마움을 느끼기에만 급급했다.

"훗."

공작의 말이 끝나자 맥기본 왕의 표정이 변했다.

처음으로 반응을 보인 것이다.

그런데 기뻐할 만한 반응이 아닌 듯 느껴졌다. 왜냐하면 코웃음을 쳤기 때문이다.

"로드리오 공작, 그대의 말에 공감이 가는구려. 왕실회의에 참석하는 이들은 모두 나라의 중추적인 자들이니 부재 상태가 되면 문제가 생길 것이 분명해 보이오."

"예, 그러합니다."

"한데 공작의 말을 곱씹어 보면 다른 시각으로 해석될 수 있다는 것을 아시오?"

"예? 그게 무슨……."

"그대의 말대로라면 다른 자들은 전쟁터에서 목숨을 걸고 싸우고 있는데 이들은 여기서 자신들의 잇속을 챙기기 위해 서로 다투고 있었다는 뜻 아니오?"

"아, 아니 그건……."

로드리오 공작은 당황했다.

맥기본 왕이 설마 그런 식으로 해석을 할 줄은 몰랐기 때문이다. 더구나 사실 틀린 말이 아니었기에 뭐라 반박할 말이 떠오르지 않았다.

한편, 맥기본 왕의 말에 엎드려 있던 자들의 표정이 사색이 되었다.

"그렇다는 건 이들은 위기에 빠진 나라가 어찌되든 말든 신경 쓰지 않았다는 것이고, 그것은 곧 매국과 같은 행동이 아닐 수 없소. 공작은 내가 그것을 용납해 줄 거라 보오?"

"……."

로드리오 공작은 아무런 말도 하지 못했다. 맥기본 왕의 성격을 잘 알고 있는 그였기에 지금 무슨 말을 해도 이들을 구제할 수 없다는 것을 깨달았다.

결국 로드리오 공작은 물러섰다.

그와 동시에 맥기본 왕이 명했다.

"이들을 전부 감옥에 가둬라. 조만간 그에 상응하는 벌을 내릴 것이니 그리 알도록."

"예, 전하!"

명령이 떨어지자마자 대기하고 있던 왕실경비대가 사람들을 포박했다. 그리고는 감옥을 끌고 가기 시작했다.

"저, 전하! 매국이라니오! 아닙니다! 절대 아닙니다!"

"국왕 전하, 살려주십시오! 잘못했습니다!"

"아, 안 돼! 안 된다고!"

귀족들은 정말 감옥으로 끌려가자 사색이 되었다. 그래서는 사정을 하고 빌기도 했다. 그들 입장에서는 마른하늘에 날벼락처럼 왕실회의에 왔다가 감옥에 갇히게 됐으니 당황스럽고 무서운 것이 당연했다.

당연히 그중 베르두도 있었는데, 조금 이상한 행동을 보이고 있었다.

베르두는 끌려가는 와중 자신이 상대했던 이왕자의 청부사 우두머리와 눈빛을 주고받는 것이 아닌가. 두 사람 사이의 그 행동이 왠지 낯설지 않아보였다.

그렇게 대부분이 빠져나가자 소란은 줄어들었다.

결국 남게 된 것은 두 세력의 중요인물들인 에드리언 일왕자와 브랜던 공작, 델핀 이왕자와 타일러 공작이었다.

근위기사들은 그들 차례에서 어찌해야 할지 눈치를 봤다. 남은 4명은 너무나도 신분이 높은 자들이었기에 예외이지 않을까 짐작했던 것이다.

그런데 그때 마치 그들의 마음을 잃었다는 듯 맥기본 왕이 나지막하게 말했다.

"예외는 없다."

그 말에 근위기사들은 물론이고 남아 있던 4명의 눈도 커졌다.

왕의 명령이 떨어졌기에 근위기사들은 즉시 4명에게 다가갔다.

그때 브랜던 공작이 급히 외쳤다.

"전하! 두 왕자 저하는 안 됩니다!"

맥기본 왕의 시선이 브랜던 공작을 향했다.

공작이 말을 이었다.

"왕실회의에서 문제를 일으킨 잘못이 있기는 하지만 이분들은 왕자 저하입니다. 어찌 감옥에 가둘 수 있겠습니까? 신분이 신분인만큼 큰 소란이 일 것이고 소문이 나고 말 것입니다. 그렇게 되면 왕실은 물론 아즈라 전체가 타국의 비웃음거리가 되는 것은 시간문제입니다. 그러니 다시 한 번 생각해 주십시오, 전하!"

"그러합니다. 아즈라의 명예를 생각하시어 재고해 주시기 바랍니다!"

브랜던 공작이 나서자 타일러 공작도 나섰다.

방금 전까지 서로를 죽이려 했지만 지금은 함께 협력했다. 그러지 않으면 두 왕자가 감옥에 갇혀버리기 때문이다. 그것은 어떻게 해서든 막아야 했다.

그에 반해 두 왕자는 아무 말도 하지 않았다. 아니 정확히 말하면 하지 못했다. 그 이유는 일왕자나 이왕자 모두 겁에 질려 있었기 때문이다.

다른 이들 앞에선 당당한 그들이었지만 맥기본 왕 앞에서는 아니었다. 두 아들에게 맥기본 왕은 굉장히 무섭고 엄한 아버지였고 성인이 되어 나이를 먹은 지금도 맥기본 왕에겐 두려움을 느끼는 그들이었다.

두 공작의 말에 맥기본 왕은 자리에서 일어났다.

"명예라."

그리고는 이내 그들을 향해 발걸음을 떼었다.

"틀린 말은 아니지."

맥기본 왕이 맞다는 듯 동의했다.

하지만 네 사람은 밝은 얼굴이 되지 못했다.

서서히 다가오는 맥기본 왕의 모습에 불안함을 느꼈기 때문이다.

"그렇다면 명예가 손상되지 않는 다른 벌을 내리면 되겠군."

스르렁!

맥기본 왕이 대기하고 있던 근위기사를 지나치며 그자의 허리에 있던 검을 뽑았다.

"헉!"

"아, 아니!"

그 모습에 네 사람은 물론 중립파와 근위기사들 모두가 사색이 되었다.

맥기본 왕은 오른손에 검을 쥐고는 차갑게 말했다.

"왕가의 명예를 손상시킨 죄는 가볍지 않은 법. 에드리언, 델핀, 네놈들의 목숨으로 죗값을 받겠다."

"아, 아바마마!"

"아버님!"

일왕자와 이왕자는 기겁하며 뒤로 물러서려 했다.

두 공작도 놀라서 어찌할 바를 몰랐다.

"두 왕자를 결박하라."

맥기본 왕의 명령에 근위기사들은 당황하다가 두 왕자가 물러서지 못하게 막았다. 그리고는 양팔을 잡고 움직이지 못하게 했다.

"내 자식인만큼 고통 없이 단칼에 목을 잘라주마."

"아, 아바마마! 살려주십시오!"

"살려주십시오! 살려주십시오!"

일왕자와 이왕자는 애걸했다. 맥기본 왕이 진심으로 이러는 것을 알기에 살기 위해 빌고 또 빌었다.

"제가 잘못했습니다, 전하! 제발 참으십시오!"

"노여움을 푸십시오! 전하!"

브랜던 공작과 타일러 공작도 마찬가지였다. 그들도 맥기본 왕에게 애걸했다.

하지만 맥기본 왕의 표정엔 일말의 동정심도 없었다. 아니, 자식을 죽이려 하며 변화조차 보이지 않았다.

"잘 가거라."

쉬악!

그는 짧은 한마디와 함께 일왕자의 목을 향해 검을 휘둘렀다.

그야말로 조금의 사정도 없는 강력한 내려침이었다.

그런데 그때,

"그만 하십시오!"

뾰족한 목소리가 대전을 울렸다.

우뚝!

그에 맥기본 왕의 움직임이 멈췄다.

그것도 아슬아슬하게 일왕자의 목에 검이 닿기 직전에 말이다.

"으헉! 커흡!"

일왕자는 엄청난 공포감에 거친 숨을 내쉬었다. 그는 하얗게 질려서는 덜덜 떨며 진정하질 못했다.

"……."

그런 일왕자는 신경도 쓰지 않고 맥기본 왕의 시선은 방금 소리를 친 사람에게로 시선을 돌렸다.

그 사람은 대전 입구에 서 있었다.

입구에는 여러 사람이 서 있었는데 그중 두 사람이 눈에 띠었다.

그들은 바로 일왕자의 어머니인 칼리 왕비와 이왕자의 어머니인 미트라 빈이었다. 그중 소리를 친 사람은 칼리 왕비인 것이다.

칼리 왕비와 미트라 빈은 맥기본 왕이 깨어났다는 소식에 급히 달려왔고, 마침 일왕자가 위기에 처한 것을 보고 왕비가 구한 것이다.

두 여인은 맥기본 왕의 모습을 보자 놀라움을 감추지 못했다. 절대 깨어나지 못할 것 같던 그가 정말 정신을 차린 모습을 보자 복잡한 감정이 가슴을 뒤흔들었다.

하지만 그런 감정을 신경 쓸 틈이 없었다. 그녀들의 자식이 위험하기 때문이다.

오는 와중 대충의 상황을 들은 두 여인이었다. 때문에 두 왕자가 얼마나 커다란 잘못을 저질렀는지 알고 있으며 맥기본 왕이 절대 그냥 용서할 사람이 아니라는 건 더욱 잘 알고 있었다.

결국 최선의 선택이 무엇인지 파악한 칼리 왕비가 먼저 입을 열었다.

"두 왕자와 공작들을 감옥으로 데려가라!"

그녀의 명령에 근위기사들이 맥기본 왕을 바라봤다.

맥기본 왕은 아무런 말도 없이 가만히 있었다.

그에 근위기사들이 네 사람을 데려가기 시작했다.

두 왕자와 공작들은 순순히 끌려갔다. 멍청한 그들이 아니었기에 지금 움직이지 않으면 맥기본 왕이 보내주지 않을 거임을 알기 때문이었다.

결국 일왕자와 이왕자 파 세력이 모두 끌려가자 대전에 남은 것은 중립파뿐이었다.

중립파는 쥐죽은 듯 조용히 있었다. 자신들에게 불똥이 될 수 있기에 최대한 숨을 죽였다.

스윽.

맥기본 왕은 칼리 왕비와 미트라 빈을 향한 시선을 옮기지 않고 검을 다시 주인에게 내밀었다.

"예, 전하."

검의 주인인 근위기사는 그것을 조심스럽게 받아들었다.

맥기본 왕은 그러곤 대전을 벗어나기 시작했다.

지금까지 조용히 지켜본 로즈 공주와 데미안이 그 뒤를 따랐다.

휘릭.

공기를 흔들며 맥기본 왕은 칼리 왕비와 미트라 빈을 지나쳐갔다. 그녀들을 봤으면서도 단 한마디도 하지 않고 말이다.

그에 두 여인은 멀어지는 맥기본 왕의 뒷모습을 원망 섞인 눈빛으로 노려봤다.

그리곤 이내 그녀들도 신형을 돌렸다.

감옥으로.

CHAPTER **07**
배신자의 정체

죽은 자들의 왕

시어스 제국의 수도 아라벨라.

대저택의 거실로 중년인이 들어서고 있었다.

거실에는 중년인이 스승이라 부르는 노인이 차를 마시고 있었다.

"브로디가 도착했습니다."

"들여라."

중년인의 말에 노인이 고개를 끄덕였다. 그러자 잠시 후, 한 남자가 나타났다.

그런데 남자의 모습이 그다지 좋지 못했다. 등에서 피를 흘렸는지 옷이 빨갛게 물들어 있었다. 거기에 남자는 고통스러운지 가쁜 숨과 함께 일그러진 얼굴을 하는 중이었다.

그자는 바로 그레이너와 아비게일 후작을 공격했던 브로디였다. 두 사람에게 도망쳤던 그가 어찌된 것인지 이곳에 나타난 것이다.

"마스터……."

브로디는 노인을 향해 예를 취하며 마스터라 불렀다.

노인은 그런 그를 잠시 보더니 말했다.

"설명해 보거라."

그런 노인의 명에 브로디는 조금의 망설임도 없이 자신에게 있었던 일을 이야기하기 시작했다.

"텁과 저는 계획대로 움직였습니다. 상황은 예상대로 흘러갔고 잘 마무리되는 듯했는데……."

브로디는 그레이너와 어윈 후작 등 소드마스터들의 전투, 아비게일 후작의 등장, 그리고 텁과 함께 나섰던 모든 것을 차례차례 설명했다.

그러다 노인과 중년인의 눈빛이 달라지는 부분이 찾아왔다.

"텁이 로건을 공격하는 와중 그놈이 블랙8이라는 것이 밝혀졌고……."

"잠깐, 지금 뭐라고 했느냐? 블랙8?"

"예, 그렇습니다. 로건의 정체는 블랙8이었습니다. 그놈이 신분을 위장해 아즈라 왕국을 돕고 있었던 겁니다."

"허허."

노인이 묘한 미소를 지었다.

"그 녀석이 아즈라에 숨어 있었군."

"서국 연합에 있지 않을까 예상했는데 같은 동국 연합에 있었군요. 그런데 왜 아즈라 왕국에 숨어 있었을까요? 정보에 의하면 블랙8과 아즈라 사이에 연관된 것은 아무것도 없는 걸로 아는데 말입니다."

"글쎄. 브로디, 혹 알아냈느냐?"

"저도 그 이유는 알아내진 못했지만 당시 느낌으로는 임무를 맡은 것으로 보이진 않았습니다."

"임무가 아니면 한 가지군. 개인적인 사유. 그래서 어떻게 된 것이냐?"

"계획대로 텁이 로건, 즉 그레이너를 상대했는데 오히려 당하고 말았습니다. 그로 인해 저까지 영향을 미쳐 그레이너가 제 핵을 부셔버리고 말았습니다. 해서 할 수 없이 몸을 피해 여기로……."

말을 마치며 브로디는 고개를 숙였다. 그러다 급히 고개를 들고는 말했다.

"마스터, 제 능력을 다시 복구시켜 주십시오. 그럼 다시 그레이너를……."

서걱!

한데 말을 하는 와중 마스터라 불린 노인이 손을 살짝 흔들었다.

그러자 브로디의 목이 깨끗하게 잘렸다.

쿵!

드르륵…….

브로디의 신형이 그대로 무너지며 잘린 머리가 바닥을 굴렀다.

브로디는 자신이 죽었는지도 모르고 목이 잘렸다는 듯 사정하던 얼굴 그대로 표정이 굳어 있었다.

옆에 읍하고 있던 중년인은 브로디의 죽음에 표정 하나 변하지 않았다. 마치 당연하다는 듯.

"생각보다 손실이 큽니다. 복원 능력의 브로디보다는 이뮨 (Immune)의 텁이 살아왔어야 하는데."

"됐다. 지금 경지에 이뮨 능력이 있든 없든 내게 큰 상관은 없으니까. 오히려 두 명을 잃은 것이 손실이지."

이뮨 능력, 두 사람의 이야기로 인해 텁의 능력이 밝혀졌다.

이뮨 능력은 모든 것에 면역을 가지는 능력으로 텁은 그 때문에 아무 문제없이 펜트란 광석으로 만들어진 불젠 도끼를 사용할 수 있었던 것이다.

"하지만 블랙8의 위치를 알았으니 다행입니다. 그림자 군주 능력을 다시 가져와야 하지 않겠습니까?"

"그래야지."

"하면 제가 가겠습니다. 그레이너를 데려오도록 하지요."

"아니, 그렇게 급할 것 없다. 지금은 다른 일이 중요하니. 상황을 보아하니 그레이너가 다시 숨진 않을 것 같으니 시간이 나면 처리하도록 하자꾸나."

"알겠습니다. 그럼 그리하지요."

딱!

중년인은 대답과 함께 브로디의 시체를 향해 손가락을 튕겼다.

그러자.

화르륵!

갑자기 시체에 불이 붙더니 타들어가는 것이 아닌가.

그런데 불이 이상했다. 열기가 얼마나 강한 건지 불이 붙자마자 브로디의 시신이 줄어들었다. 너무나도 빠르게 타들어가는 것이다.

종국엔 완전히 타버려 흔적도 없어졌다. 놀라운 건 먼지조차 남기지 않고 불타버린 것이다.

불은 순식간에 사라졌고 그을림도 없이 바닥은 깨끗했다. 오직 브로디의 시체만을 태워버린 것이다.

그렇게 거실은 아무 일도 없다는 듯 다시 정적이 흘렀다.

*　　　*　　　*

"설명이 듣고 싶군."

아즈라의 왕궁, 그곳에 위치한 국왕 집무실에 4명의 사람이 자리를 하고 있었다.

바로 맥기본 왕을 필두로 로즈 공주, 데미안, 아터튼 시종장이었다. 모두 맥기본 왕의 측근이자 가장 믿을 수 있는 사람들만 모인 것이다.

맥기본 왕의 말에 모두의 시선이 한 사람을 향했다. 데미안에게.

이들이 이러는 이유는 맥기본 왕을 깨어나게 한 사람이 데미안이었기 때문이다.

데미안이 고개를 끄덕였다.

"전하, 무엇이든 말씀하십시오. 답해드리겠습니다."

"좋네. 먼저 도대체 내가 왜 그동안 혼수상태에 빠졌던 것인가?"

"전하께서는 독에 중독되셨었습니다."

"독?"

"그렇습니다. 바로 베넴(Venem)이란 이름을 가진 독이지요."

"베넴이라……."

맥기본 왕은 들어본 적이 있는 머릿속으로 곱씹어봤다. 하지만 처음 듣는 독명이었다.

"처음 들어보는 이름이군. 자넨 그걸 어떻게 알았나? 들어

보니 문제가 될 만한 증상이 전혀 없어 아무도 내가 쓰러진 이유를 알지 못했다는데."

"형에게 들어 알게 되었습니다."

"형? 자네에게 형이 있었나?"

맥기본 왕은 데미안을 약간 알고 있었다. 자식 중 유일하게 아끼는 것이 로즈 공주였고 그녀가 언제나 생명의 위협을 받고 있었기에 주변인물들이 신경 쓰이지 않을 수 없었다.

그중 호위기사로 있는 데미안을 알아본 적이 있었고 고아를 비롯한 약간의 정보를 알고 있었다.

"어렸을 때 헤어진 형이 있습니다. 형이 절 찾아온 적이 있었고 그때 여러 사건이 있으면서 전하를 뵌 적이 있습니다."

데미안은 그러며 그와 그레이너가 신분을 바꿔 어떤 일을 해왔는지 모두 이야기했다.

로즈 공주는 별 반응이 없었지만 맥기본 왕과 아터튼 시종장은 놀라움을 감추지 못했다. 형제가 신분을 바꾼 것부터 해서 생각보다 많은 일이 있었기 때문이다.

"그렇게 형은 떠났는데 얼마 전 서신과 함께 어떤 물건을 보냈습니다. 거기에 두 왕자가 조만간 일을 벌일 것이라는 이야기와 함께 그때가 되면 전하를 깨우라며 물약이 들어 있었습니다. 그 물약을 써 전하를 혼수상태에서 깨어나게 한 것입니다."

"그랬던 거였군. 그런데 듣고 보니 의문이 생기는군. 왜 모든 것을 이야기하는 것인가? 내가 봤을 땐 숨겨야 하는 것도 있는 것 같은데. 예를 들어 블랙 클라우드의 어쌔신이었다는 그런 것 말이지."

데미안이 예상했다는 듯 바로 답했다.

"형이 숨기지 말고 모든 것을 이야기하라 했습니다. 전하께 숨기는 건 의미가 없다며, 어설프게 숨기다가는 오히려 의심만 더할 뿐이라 했지요. 그래서 모든 걸 말씀드리는 겁니다."

"음⋯⋯."

맥기본 왕이 침음을 흘렸다. 데미안의 형인 그레이너의 능력이 대단해 보였다. 결국 모든 것을 예상하는 것은 물론 자신까지 파악하고 있다는 것 아닌가.

"여기."

그때 데미안이 품에서 두루마리를 하나 꺼내 아터튼 시종장에게 내밀었다. 데미안은 그러면서 시선은 맥기본 왕을 향했다.

"이것은 형이 전하께 드리라는 서신입니다. 깨어나시게 되면 드리라 했습니다. 보시지요."

그에 아터튼 시종장이 두루마리를 건네받아 맥기본 왕에게 주었다.

맥기본 왕은 두루마리를 펼쳐 읽기 시작했다.

"으음."

한데 두루마리를 읽는 그의 표정이 점점 굳어졌다.

결국 맥기본 왕은 목이 탄다는 듯 찻잔을 들어 입에 가져갔다.

"허험."

그런데 한 모금 들이킨 맥기본 왕이 인상을 썼다.

"이거 맛이 이상한 것 같군. 아터튼, 자네가 한 번 마셔보게."

"그렇습니까? 알겠습니다."

아터튼 시종장은 차를 마셔봤다. 그러다 고개를 갸웃거렸다.

"전하, 차에는 이상이 없는 것 같사옵니다."

"그래? 한데 난 맛이 이상하게 느껴지는군."

"아마도 오랜 시간 음식이 먹지 못해 그런 것은 아니온지요?"

"그럴 가능성도 있군. 그래도 혹시 모르니 새로 가져오도록 하게."

"예, 알겠습니다."

아터튼 시종장은 고개를 끄덕이곤 명을 내리기 위해 데미안을 지나쳐 갔다.

그런데 그 순간,

스르렁!

쐐액!

갑자기 데미안이 검을 뽑더니 아터튼을 공격하는 것이 아닌가.

너무나도 갑작스럽고 예상치 못한 일이라 아터튼 시종장은 그대로 검에 꿰뚫린 것처럼 보였다.

한데 놀랄 만한 일이 벌어졌다.

부앙!

땅! 퍼걱!

아터튼 시종장이 들고 있던 찻잔으로 데미안의 검을 막아 버린 것이다.

찻잔이 박살나며 차가 쏟아졌지만 아터튼 시종장은 멀쩡했다.

"네 녀석……"

한 발 물러선 아터튼 시종장의 얼굴은 변해 있었다. 푸근하고 자상하던 표정은 어느새 사라지고 차갑고 냉랭한 분위기가 얼굴을 뒤덮었다.

"자네였군. 날 중독시킨 것이."

맥기본 왕이 아터튼 시종장을 향해 말했다.

그에 아터튼이 고개를 끄덕였다.

"그렇소. 내가 당신을 베넴 독으로 중독시켰소. 영원히 깨어나지 못하고 죽을 거라 생각했는데, 이런 일이 벌어지다니 참으로 어이가 없군."

아터튼은 순순히 시인했다. 밝혀져도 전혀 문제될 것 없다는 반응이었다.

아터튼의 시선은 이내 데미안을 향했다.

"이것도 네 형 짓인가?"

"처음엔 형도 당신을 의심하지 않았소. 오히려 델핀 이왕자를 의심했지. 하지만 알아보면 알아볼수록 이왕자가 아닌 다른 사람의 짓이란 것이 밝혀졌고, 그 사람이 전하의 측근임을 깨닫게 됐었다군. 결국 여러 사람을 알아본 결과 남은 사람은 단 한 명, 바로 아터튼 시종장 당신이었지."

"그랬군."

아터튼은 묘한 미소를 지었다.

"그럼 내 정체를 예상했으면서도 이 자리에 다른 사람을 부르지 않았다는 건 네 형은 네가 날 이길 수 있다 여겼기 때문이겠군."

"글쎄, 그건 모르겠군. 하지만 난 충분하다고 생각하는데."

"그래?"

스르륵.

아터튼이 양 소매에서 무언가를 꺼냈다.

그것은 두 자루의 단검이었다. 아터튼은 단검을 좌우 하나씩 쥐고는 자세를 취했다.

"그럼 어디 충분한지 보자고."

사아악!

아터튼이 정면으로 달려들었다.

그러며 옆구리와 목을 공격해 왔다.

데미안은 즉시 그것을 쳐내기 위해 움직였다.

따당!

채채채채챙!

아터튼의 공격은 굉장히 빨랐다.

무기가 단검이어서 그런 것도 있지만 실력 또한 굉장히 뛰어났다.

데미안은 더욱 발전한 자신의 실력에 자신이 있었는데 아터튼을 상대하자 버겁다는 것을 느꼈다.

아터튼의 공격을 따라가기가 힘든 데다 힘에서도 밀렸기 때문이다.

'이자, 나보다 강한 자다!'

얼마 안 가 데미안은 상대가 자신보다 강하다는 걸 깨달았다.

그것도 훨씬.

예상하지 못한 것은 아니었다.

아까 찻잔으로 오러가 맺힌 검을 막았을 때 강할 것이란 걸 직감했다.

한데 본격적으로 상대를 해보니 생각한 것 이상이 아닌가.

'안 되겠다. 그 기술을 써야겠다.'

데미안은 형에게 배운 비기, 샤이닝 블레이드(Shining blade)를 사용하기로 했다.

그는 기회를 노렸다.

하지만 상대가 자신보다 강하다 보니 쉽사리 기회가 오지 않았다.

결국 그는 살을 내주고 뼈를 취하기로 했다.

방어를 하지 않는 대신 상대를 공격하기로 한 것이다.

데미안은 급소로 오지 않는 공격을 기다렸다.

기회는 빨리 찾아왔다.

배와 어깨로 공격이 들어왔고 그 순간을 노려 샤이닝 블레이드를 사용했다.

쑤아앙!

데미안이 검을 내질렀다.

검이 공기를 찢어발기며 아터튼의 목을 향해 쏘아졌다.

"헙!"

아터튼의 눈이 커졌다.

지금 공격이 심상치 않은 것임을 눈치챈 것이다.

아터튼은 공격을 다시 거둬들였다.

그리곤 두 단검을 교차로 휘두르며 데미안의 검을 위로 올려쳤다.

드드드득!

크가각!

그러자 두 사람의 검에서 엄청난 불꽃이 튀었다.

그러더니 순간,

땅!

휘릭!

금속음과 함께 한 인영이 뒤로 물러섰다.

"이런!"

데미안의 얼굴이 일그러졌다.

금속음은 바로 그의 검이 동강나는 소리였던 것이다.

'샤이닝 블레이드를 쓰는 와중 검이 잘리다니, 도대체 얼마나 강하다는 것이냐.'

데미안은 상대의 강함에 치가 떨렸다.

아무래도 지금까지 그가 상대해본 사람 중 가장 강자로 보였다.

한편, 뒤로 물러난 아터튼은 자신의 목을 손으로 훑었다.

그리곤 눈앞으로 가져왔다.

"허!"

그가 어이없는 탄성을 내뱉었다.

손에 피가 묻어 있었다.

데미안의 공격에 상처를 입은 것이다.

이내 아터튼의 눈빛이 싸늘하게 변했다.

상처를 입은 것에 자존심이 상한 듯 보였다.

"본 실력을 드러내지 않고 끝내려 했는데 안 되겠군."

그 말과 함께 갑자기 아터튼의 신형에서 흘러나오는 기세가 변했다.

그리고는 잠시 후,

우우우웅!

슈우우우!

아터튼의 단검에 변화가 일어났다.

오러가 사라지면서 밝은 광채가 검신 전체에 맺히기 시작한 것이다.

데미안은 그것이 무얼 뜻하는지 알고 있었다.

"오러 블레이드!"

그렇다. 그것은 바로 오러 블레이드였다.

이제 보니 아터튼은 소드마스터였던 것이다.

데미안의 표정이 굳어졌다.

그는 이제 갓 소드익스퍼트 상급이었다.

그런 그가 소드마스터를 상대할 수 있을 리가 없었다.

"내 실력을 드러내게 했으니 네놈은 맨 마지막에 죽여주마. 힘줄을 가닥가닥 끊어 인형처럼 만든 후 국왕과 공주가 죽는 모습을 똑똑히 보여주도록 하지. 특히 공주가 죽는 모습을. 네가 지금까지 지켜온 여인이니까."

그 말과 함께 이내 아터튼이 몸을 날렸다.

양손에 오러 블레이드가 맺힌 검을 들고 다가오는 모습은 그야말로 위압적이었다.

그런데 몸을 날리자마자 아터튼의 눈썹이 꿈틀거렸다.

데미안이 자세조차 잡지 않고 있었기 때문이다.

포기했다 생각될 수도 있지만 눈이 포기한 사람의 것이 아니었다.

왜 그런지 강한 의문이 들대쯤, 일이 벌어졌다.

퍼퍼퍼퍼퍽!

"컥!"

쿠당탕!

갑자기 아터튼의 신형이 진동하는 것처럼 급격하게 흔들거렸다.

그러더니 힘을 잃고 바닥에 처박히는 것이 아닌가.

"이, 이게 무슨… 쿨럭! 푸홉!"

그는 힘겹게 몸을 일으키다 기침을 토해냈다.

그러자 피와 함께 고깃덩어리가 함께 나왔다.

아터튼은 고깃덩어리의 정체가 무언지 즉시 알 수 있었다.

내장이었다.

내장이 나왔다는 건 내부에 심각한 부상을 입었다는 뜻.

그의 얼굴이 핼쑥하게 변했다.

'도, 도대체 이게 무슨……!'

아터튼의 머릿속이 혼란스러워지면서 복잡해졌다.

누구의 공격도 받지 않은 그였다.

한데 어찌 이런 심각한 타격을 받을 수 있단 말인가.

도무지 지금의 현상을 이해할 수가 없었다.

"크흡!"

그렇다고 이대로 가만히 있을 수는 없기에 그는 몸을 일으키려 했다.

그러며 공격이 들어올까 싶어 고개를 들었는데,

"로즈 공주?"

앞에 누군가가 서 있었다.

그 사람은 전혀 의외의 인물인 로즈 공주였다.

데미안이 아닌 지금까지 구석에서 조용히 있던 로즈 공주가 어느새 다가와 있는 것이다.

"역시 대비를 해놓길 잘했군."

"……."

로즈 공주의 말에 아터튼의 얼굴이 찌푸려졌다.

무슨 말을 하는지 이해하기 힘들었던 것이다.

하지만 그런 표정은 잠시, 그의 머릿속에 빠르게 돌아가기 시작했다.

그는 자신의 몸 상태가 심각함을 느꼈다.

마나가 끊어지면서 움직이질 않고 피와 덩어리가 역류하려하는 것이 굉장히 좋지 못했다.

이런 상황에선 데미안을 상대하는 건 불가능했다.

때문에 다른 방법이 필요했고 그것이 가까이 다가온 로즈 공주를 인질로 잡는 것이다.

로즈 공주는 맥기본 왕이나 데미안 모두에게 중요한 사람이니 그녀를 통해 충분히 변화를 모색할 수 있었다.

'간다!'

결단은 빨랐고 그에 따라 몸이 즉시 움직였다.

검을 공주의 목에 감싸기 위해 휘둘렀다.

쉬악!

그런데 순간, 상상도 못할 일이 벌어졌다.

"베리어(Barrier)."

갑자기 로즈 공주가 마법을 시전하는 것이 아닌가.

위이잉!

그러자 주문을 외침과 동시에 공주 앞에 투명한 벽이 생겨
났다.

"무, 무슨……!"

텅!

검은 벽에 막혀 튕겨 나갔다.

아터튼은 커진 눈으로 그것을 보다가 갑자기 시선을 다른
곳으로 돌렸다.

바로 자신의 복부로.

"이, 이게 어떻……."

퍼버버버벅!

쿠당탕!

순간, 그의 말이 끝나기도 전에 끔찍한 일이 벌어졌다.

그의 몸이 갑자기 풍선처럼 부풀어 올랐다가 즉시 수그러
드는 것이 아닌가.

그로 인해 눈이 터져버렸고 몸 전체가 시뻘겋게 변하더니 그대로 쓰러졌다.

쓰러진 아터튼은 더 이상 움직이지 않았다.

그에 데미안이 다가와 맥박을 확인했다.

"죽었습니다."

한데 대답을 맥기본 왕이 아닌 로즈 공주에게 했다.

로즈 공주는 고개를 끄덕였다. 그리곤 이윽고 시선을 맥기본 왕에게 향했다.

그러자 맥기본 왕이 놀라운 행동을 보였다.

그가 고개를 숙인 것이다.

"아즈라의 국왕 맥기본이 위대한 존재를 뵙습니다."

너무나도 놀랍고 말도 안 되는 모습이었다.

어찌 국왕이자 아버지인 맥기본이 딸에게 고개를 숙일 수 있단 말인가.

더욱 이해 안 되는 건 위대한 존재라니.

그런데 그 이유가 곧 드러났다.

슈우우욱.

로즈 공주의 모습이 갑자기 변하기 시작했다.

갈색 머리에 묘한 분위기를 가진 미인, 바로 드래곤 데비아니였다.

이제 보니 지금까지 데비아니가 로즈 공주의 대역을 하고 있었던 것이다.

맥기본 왕의 인사에 데비아니가 가볍게 고개를 끄덕였다.

그에 맥기본 왕이 말했다.

"도와주셔서 감사합니다. 이 은혜 잊지 않겠습니다."

좀 전 데미안이 건넸던 두루마리는 바로 데비아니와 아터튼에 대한 것이었다.

맥기본 왕은 그것을 읽고 두 명의 정체를 알았고, 두루마리에 써져 있던 계획에 따라 아터튼에게 차를 마시게 했다. 차에는 데비아니가 걸어놓은 잠복 마법이 있었고 그것을 발동시켜 내부를 폭발시킨 것이다.

데비아니가 대비를 해놓았다는 게 바로 그것을 뜻하는 것이었고, 그런 이유로 소드마스터인 아터튼을 생각보다 쉽게 처리할 수 있었던 것이다.

"아니, 신경 쓸 것 없다. 아즈라가 아니라 로건… 아, 그레이너라고 했던가? 그자와의 약속 때문에 한 일이니까. 고마워하려면 그자에게 하라고."

맥기본 왕의 시선이 잠시 데미안을 향했다 원래대로 돌아왔다.

"알겠습니다. 그리하지요."

"내 일은 여기까지니 그만 돌아가도록 하지."

데비아니는 신형을 돌렸다. 돌리는 와중 순식간에 모습이 다시 로즈 공주로 변했다.

"그럼."

데비아니는 그대로 집무실을 나갔다. 텔레포트를 시전할 수 있음에도 그녀는 주문을 펼치지 않았다. 수도 주변에 쳐져 있는 방어마법진 때문이었다. 그녀는 이곳에 도착했을 때처럼 수도를 벗어난 이후 텔레포트를 사용할 생각인 것이다.

맥기본 왕과 데미안은 그녀가 사라질 때까지 예를 취했고 문이 닫힌 후에야 그것을 거두었다.

맥기본 왕 이내 자신의 자리로 돌아갔다.

"이야기를 다시 시작해야겠군."

그에 데미안은 품에서 두루마리 하나를 다시 꺼내 맥기본 왕에게 내밀었다.

"이것이 형이 전하께 보낸 진짜 두루마리입니다."

맥기본 왕은 그것을 받아 읽기 시작했다.

두루마리를 읽는 내내 맥기본 왕의 표정은 수시로 변했다. 담담하다가도 놀라고, 놀라가다가도 심각하게 변했다.

잠시 후, 두루마리를 모두 읽은 맥기본 왕은 그것을 내려놓았다. 그가 굳은 표정으로 물었다.

"이게 사실인가? 정말 완전히 해독된 것이 아닌가?"

"송구하지만 형의 말에 따르면 그런 듯합니다. 베넴 독은 아직 완전한 해독약이 없다고 합니다. 전하께서 드신 건 독을 중화시켜 정신만 차릴 수 있다고……."

데미안은 죄송한 듯 차마 말을 끝내지 못했다.

"믿기지가 않는군. 몸에 이렇게 생기와 활력이 넘치는

데······."

"편지에 보낸 내용에 의하면 중화 작용으로 인한 효과라고 합니다. 잠시 중화된 독이 오히려 몸에 힘을 불어넣어준다는 설명이었습니다. 그러다 시간이 지나면 베넘 독의 성질이 다시 돌아오게 되고 결국엔······."

"죽게 된다는 말이군."

"···그렇습니다."

데미안은 차마 떨어지지 않는 입을 열어 간신히 대답했다.

맥기본 왕은 눈을 감았다. 죽음이 멀지 않았다는데 충격을 받지 않는다면 거짓말일 것이다.

"내게 남은 시간이 얼마나 되나?"

"대략 한 달입니다."

"한 달이라······."

맥기본 왕은 한 달이라는 말을 곱씹었다.

그는 무언가를 생각하는 듯하더니 이윽고 자리에서 일어나 집무실 창문으로 걸어갔다.

창밖으로 성 안의 풍경이 눈에 들어왔다. 더불어 멀리 수도 내부의 모습도 볼 수 있었다.

맥기본 왕은 그것을 보다가 조용히 뇌까렸다.

"아무래도 한 달 안에 많은 일을 해야 하겠군."

말을 하는 그의 눈빛은 서서히 변해갔다.

원래의 차갑고 냉정한 눈으로.

몇 시간 후, 맥기본 왕의 직인이 찍힌 서신을 가진 십여 기의 기마가 왕궁을 빠져나갔다.

기마는 수도를 벗어나 여러 갈래로 나뉘어졌고, 각각의 목적지로 향했다.

바로 동국 연합과 서국 연합의 각국 수도로.

CHAPTER **08**
연합 회담

죽은자들의왕

벌컥!

"응?"

비톤 성의 그레이너 처소, 그곳으로 한 명의 여인이 거침없이 들어서고 있었다.

그녀는 바로 데비아니였다.

솔라즈에서 일을 마친 데비아니는 즉시 비톤 성으로 텔레포트 했고 그레이너의 방으로 향했다. 그런데 들어서자마자 처음 보는 사람이 있자 이채를 띠었다.

"돌아오셨군요."

그녀를 발견하고 그레이너가 인사를 했다. 그는 이야기를 나누는 중이었는지 의자에 앉아 있었다.

"일은 어떻게 되었습니까?"

데비아니는 그레이너의 옆에 앉으며 대답했다.

"네가 예상대로 끝났어. 그. 레. 이. 너."

"그렇군요."

데비아니가 진짜 이름을 불렀지만 그레이너는 놀라지 않았다. 계획에 따라 그리 될 것을 이미 알고 있었기 때문이다.

"그나저나 누구지?"

데비아니는 시선을 건너편에 있는 사람에게 고정하고서 물었다. 당연히 그레이너에게 물은 거지만 대답은 그 사람이 했다.

"안녕하십니까, 아즈라의 귀족 아비게일이라 합니다. 위대한 존재를 뵙게 되어 영광입니다."

그 사람은 바로 아비게일 후작이었다. 그레이너의 곁에서 감시하겠다 하더니 정말 비톤 성에 와 있는 것이다.

아비게일 후작은 데비아니의 정체를 바로 알아봤다.

데비아니는 흐뭇한 미소를 지었다.

"오호, 네가 아비게일이군."

그녀는 아비게일 후작을 알고 있었다. 후작 역시 연구 대상 중 한 명이었기 때문이다.

"한 번 보고 싶기는 했는데 이렇게 만날 줄은 몰랐군. 반갑다, 난 데비아니다."

"데비아니님이시군요."

그녀는 다시 한 번 예를 취했다.

데비아니는 고개를 끄덕이며 묘한 시선을 보였다.

"실제로 보니 소문과는 다른 실력을 가진 듯하군. 특히 은은히 풍기는 기운이 로건과는……."

그녀는 아비게일 후작의 숨은 힘을 느낀 듯했다.

아비게일 후작은 데비아니가 알아볼 거라 예상했는지 별다른 반응은 보이지 않았다.

데비아니도 관심이 있는 건 아니었는지 탐색의 눈빛을 거뒀다.

"그런데 후작이 여기는 어쩐 일이지?"

"네바로 왕국의 공격을 막기 위해 출정했습니다. 더불어 그레이너… 아니 여기선 로건 경이라 불러야겠군요. 로건 경을 감시하기 위해서이기도 하고요."

"감시?"

데비아니의 시선이 그레이너를 향했다.

그레이너는 간단하게 답했다.

"그럴 만한 일이 있었습니다."

"그래? 내가 없는 사이 많은 일이 있었나 보군. 자세한 사정을 몰라도 대충 알 것 같군. 두 사람의 상성만으로도 충분히 짐작이 가. 뭐 사연은 다음에 듣기로 하고 로건, 가야지?"

"돌아오시자마자 말입니까?"

"내가 피곤할 거라 생각해?"

"그건 아닙니다."

"그럼 가자고. 거래에 따라 네 부탁을 들어줬으니 이젠 내 검술을 봐줘야지."

"알겠습니다."

결국 그레이너와 데비아니는 자리에서 일어났다. 연무장으로 대련을 펼치려는 것이다.

그때였다.

"데비아니님, 검술을 익히십니까?"

아비게일 후작이 약간 의아한 얼굴로 물었다.

"그렇다. 왜? 신기한가? 드래곤이 검술을 익히고 있어서?"

"솔직히 그렇습니다."

"후후."

데비아니는 미소를 짓더니 손가락을 까딱거렸다.

"그럼 따라와. 강력한 마법 능력이 있는데도 왜 검술을 익혔는지 그 이유를 알려줄 테니까."

그레이너를 감시하는 중인 그녀였다. 당연히 그러길 원하던 아비게일 후작은 자리에서 일어났다.

결국 세 명 모두 연무장으로 향했고 방은 정적에 빠져들었다.

*　　　*　　　*

―맥기본 왕이 깨어났다!

놀라운 소문이 포이즌 우드 대륙 전체로 퍼져나가기 시작했다.

그것은 바로 혼수상태였던 맥기본 왕이 깨어났다는 소문이었다.

소문의 시작은 당연히 아즈라 왕국부터였다. 수도 솔라즈에서 시작된 소문이 각 영지로 퍼져나갔고 후엔 다른 나라들까지 알려지기 시작한 것이다.

한데 이 소문이 퍼지기도 전에 동국 연합과 서국 연합의 군주들은 이미 알고 있었다. 왜냐하면 맥기본 왕이 모든 군주에게 서신을 보냈기 때문이다.

서신을 통해 소식을 들은 군주들은 놀랐다. 맥기본 왕이 쓰러져 혼수상태에 빠졌던 것을 모두 알고 있었기에 그의 복귀는 그들에게도 놀라운 일이었다.

그중 같은 동국 연합의 군주들은 난감하지 않을 수 없었다.

아즈라 왕국은 동국 연합의 일원이고 서국 연합의 침략을 받았으면 당연히 도와줘야 했다. 그런데 지금 그들은 대답을 미루며 회피하고 있던 상태 아닌가.

맥기본 왕은 모든 군주들이 인정하는 지도력과 정치력을 가진 군주였고 그들이 보인 행동에 대해 충분히 짐작할 수 있는 사람이었다. 때문에 마치 죄를 진 것처럼 뜨끔한 마음이

들 수밖에 없었다.

예상대로 맥기본 왕은 모든 상황을 전해 듣고는 대충 짐작했다. 하지만 그는 크게 배신감을 느끼지 않았다. 비슷한 상황이 오면 자신도 다른 군주들과 똑같이 하지 않을 거라 장담하지 못하기 때문이다.

아무리 연합이라도 결국은 서로 다른 나라이고 각자의 이익에 따라 움직일 수밖에 없다. 그렇기에 다른 군주들을 탓할 마음은 없는 맥기본 왕이었다.

대신 맥기본 왕은 군주들의 죄책감을 이용할 생각이었다. 바로 연합 회담에.

맥기본 왕은 서신에 연합 회담을 제의했다.

연합 회담은 동국 연합과 서국 연합의 모든 군주가 한 자리에 모여 토의를 하는 행사를 뜻했다.

연합 회담은 굉장히 마련하기 힘든 자리였다. 포이즌 우드 대륙의 모든 군주가 한 자리에 모이는 것이라 한 명도 빠짐없이 회담 개최에 동의를 해야 했다. 단 한 명이라도 개최에 거부를 하면 회담은 무조건 결렬되었다. 다른 신분도 아닌 군주들이 모이는 것이기에 쉽게 결정될 수가 없는 것이다.

때문에 연합 회담은 포이즌 우드 대륙 전체에 영향을 미치는 중요한 일이 아니면 이루어지지 않았고 그런 일은 10년에 한 번 있을까 말까 할 정도였다. 해서 이전에 있던 연합 회담은 무려 13년 전이었다.

맥기본 왕은 그런 연합 회담을 개최할 것을 모든 군주에게 제의한 것이다.

동국 연합의 군주들은 프렌더빌 황제를 비롯해 모두 동의했다. 아즈라 왕국 전쟁은 중요한 일인데다 지은 죄가 있기에 아무 말 없이 받아들인 것이다.

반면 서국 연합은 연합 회담에 부정적이었는데, 받아들일 이유가 없기 때문이었다. 맥기본 왕이 복귀를 한 이상 아즈라의 영향력이 다시 높아지기는 하겠지만 자식들의 죽음에 비하면 아무것도 아닌 일이기 때문이다.

맥기본 왕은 그걸 모르지 않았다. 해서 서신 말미에 중요한 내용을 집어넣었다.

그것은 바로,

―알렉산드로 삼황자를 비롯한 서국 연합 왕자들의 죽음에 숨겨진 내막이 있음을 알아냈소. 연합 회담에서 그 내막을 밝히겠소이다.

라는 것이었다.

서국 연합의 군주들은 놀라지 않을 수 없었다.

자식들의 죽음에 숨겨진 내막이 있다니.

그 내용에 서국 연합의 각국은 회담 개최를 찬성할지 반대할지 고민에 빠졌다.

여론은 몇 가지로 나뉘었는데 대부분은 아즈라 왕국이 살기 위해 거짓말을 한다고 여겼다. 노미디스 제국 등의 공격을 막기가 힘들자 없는 사실을 만들어 상황을 회피하려 한다 보는 것이다.

하지만 서신의 내용을 부정적으로만 보지 않는 여론도 많았다. 맥기본 왕이 허언을 할 사람이 아닌데다 서국 연합 자체에서도 황자와 왕자들의 죽음을 조사했을 때 석연찮은 점이 있었기 때문이다.

그런 이유로 서국 연합의 군주들은 고민에 빠졌고 마침내 결정을 내렸다.

연합 회담을 개최하는 것으로.

맥기본 왕의 말을 들어보고 내막이 정말 존재한다면 진실을 밝히면 되고, 허언이라면 그때 가서 공격을 다시 시작하면 되기 때문이었다.

결국 모든 군주들의 동의에 연합 회담 개최는 결정이 되었고 날짜가 정해졌다.

회담 장소는 동국 연합과 서국 연합, 두 연합의 정확히 중간에 위치한 크로스비 중립 지역.

모든 나라가 회담을 위해 분주해졌고 그 소식은 포이즌 우드 대륙 전체로 퍼져 나갔다.

*　　　*　　　*

"아터튼과의 연락이 끊겼습니다."

시어스 제국의 수도 아라벨라의 대저택.

마스터라 불리는 노인이 보고서로 보이는 어떤 문서를 읽고 있었다.

중년인의 말에 노인의 시선이 그를 향했다.

"아터튼이?"

"그렇습니다. 며칠 전부터 전혀 연락이 되지 않고 있다고 합니다. 종적이 완전히 사라졌답니다."

"정확한 시기가 어느 때냐?"

"맥기본 왕이 정신을 차린 이후입니다."

"……."

노인의 시선이 가늘어졌다.

"맥기본 왕이 정신을 차린 것도 말이 되지 않는데, 그 상황에 아터튼의 종적까지 사라졌다? 음……."

"아무래도 맥기본 왕에게 정체를 들켜 처리된 것이 아니겠습니까?"

"그럴 가능성이 가장 높겠지. 하지만 어떻게 아터튼의 정체를 알았을까? 가장 가깝고 믿을 수 있는 측근으로 수십 년을 지내왔고, 완벽히 정체를 숨겨왔는데."

"맥기본 왕이 의심한 것은 아닐 겁니다. 깨어난 지 얼마 되지 않는 그가 가장 신임하던 아터튼에게 의혹의 시선을 가질

리가 없지요. 오히려 변화된 왕실의 상황에 도움을 청했을 겁니다."

"아터튼에게 적이 있었느냐?"

"없었습니다. 모두 아터튼을 맥기본의 사람이라 생각했고 관심을 가지지 않았습니다."

"그렇다면 맥기본의 또 다른 측근은?"

"역시나 없습니다. 베넴 독으로 쓰러지게 만든 후엔 아터튼이 유일했습니다."

"……."

노인이 잠시 침묵했다. 그러더니 물었다.

"넌 누구의 짓이라 생각되느냐?"

"솔직히 말씀드려서 전혀 알 수가 없습니다. 일왕자와 이왕자는 맥기본이 깨어나는 것을 원치 않으니 로즈 공주와 중립파 쪽이 의심되지만, 맥기본을 깨울 수 있음에도 지금까지 두고 보고만 있었을 그들이 아닙니다. 때문에 두 세력 역시 아니라 생각되고, 더불어 아터튼을 처리할 만한 실력자가 현재 솔라즈엔 없습니다. 그런 상황에 그가 처리됐다는 건 큰 의문이 드는 일이기에 지금으로선 어떤 세력의 소행인지 전혀 감이 잡히질 않습니다."

"제3자의 개입은?"

"가능성을 생각하고 조사를 하라 명해놓기는 했지만 희박해 보입니다."

"그럼 아무런 단서도 없다는 뜻이냐?"

"그래서 다른 방향으로 접근하고 있습니다."

"다른 방향이라면 베넴 독을 생각하는 것이냐?"

"예. 베넴 독은 세상에 거의 드러나지 않은 독 아니겠습니까. 또 저희만이 가지고 있지요. 그것을 해독했다는 것은 저희 세력과 연관이 있는 것이 분명하기에 그쪽으로 알아보라 일러두었습니다."

"좋은 생각이다."

노인은 고개를 끄덕였다. 그리곤 말했다.

"베르두를 통해 일왕자와 이왕자를 상잔시켜 아즈라의 왕실을 붕괴시키려 했던 일이 맥기본의 등장으로 실패했다. 맥기본의 등장이 우연은 아닐 터, 숨겨진 누군가 있는 것이 확실하니 자세히 파헤쳐 보거라."

"알겠습니다. 그나저나 이제 어찌하실 생각이십니까? 맥기본의 연합 회담 요청을 모든 군주가 받아들이는 바람에 아즈라를 처리하는 일이 어려워졌습니다. 만약 그가 정말 그 일의 내막을 알고 있고, 그것을 밝힌다면 계획에 차질이 생길지 모릅니다. 또 그것이 아니더라도 맥기본이 어떤 식으로든 군주들을 설득한다면 큰 문제입니다."

"그래, 맥기본에겐 그만한 능력이 있지. 그래서 베넴 독으로 잠재워뒀던 거니까."

노인은 맥기본 왕을 잘 안다는 듯 말했다.

이윽고 노인이 자리에서 일어났다.

"황제는 지금 뭘 하고 있느냐?"

"대신들과 연합 회담에 대한 회의를 벌이고 있습니다. 회담에서 서국 연합을 어찌 상대할지 상의를 하고 있지요."

"그렇군. 가자."

"황제를 만나시려 합니까?"

"그래. 그를 만나야겠다."

"혹 회담에……."

"음. 우리도 황제와 함께 그곳으로 가자꾸나."

그 말에 중년인의 눈빛이 반짝였다. 그는 마치 무슨 뜻인지 알았다는 듯 고개를 끄덕였다.

이내 두 사람은 대저택을 나서기 시작했고 그제야 대저택의 위치가 드러났다.

저택은 바로 황궁 안에 자리 잡고 있었다.

시어스 제국의 황제 프렌더빌을 비롯한 황족들이 있는 그곳에 말이다.

*　　　*　　　*

챙…….

"그럼 아터튼이 베넘 독으로 전하를 중독시켰던 건가요?"

차앙…….

"그래. 지금까지 맥기본을 속이며 곁에 있었던 거지. 맥기본은 가장 믿었던 수하에게 배신을 당했던 거고."

비톤 성의 개인연무장.

그곳에서 두 사람이 이야기를 나누고 있었다.

그들은 바로 데비아니와 아비게일 후작이었다.

두 사람은 솔라즈에서 있었던 일에 대해 대화를 나누는 중이었는데, 놀랍게도 대련을 하면서 이야기를 하고 있었다.

그런데 그 모습이 조금 이상했다. 대련을 하긴 하는데 굉장히 느리게 움직이고 있었던 것이다. 그 때문에 서로의 검이 부딪칠 때 불꽃이 튀기는커녕 작은 금속음만 울리는 중이었다.

아비게일은 놀란 얼굴을 했다. 그녀는 천천히 검의 궤적을 바꾸며 말했다.

"그레이너는 도대체 그걸 어떻게 안 거죠? 수십 년을 함께한 맥기본 전하께서도 알지 못한 걸 말이에요."

데비아니가 아비게일의 검을 막기 위해 역시나 검의 방향을 바꿨다.

"동생으로 위장해 움직였을 때 이상함을 눈치챘고 그때부터 알아본 모양이야. 특히 그레이너는 베넴 독에 대해 알고 있었기에 의심을 할 수 있었던 거 같았어. 베넴 독은 거의 알려지지 않은 독이라 말이야."

"그럼 모든 걸 눈치챈 후에 데비아니님께 부탁을 한 것이군요."

"그런 모양이야."

아비게일과 데비아니는 어느새 친분이 쌓은 사이가 되었다.

그들이 친해지게 된 건 어쩌면 당연한 것이었다. 둘 다 그레이너를 통해 인연이 되었고, 검술이란 매개체가 있었기 때문이다.

그레이너와 대련을 하던 데비아니는 시간이 지나면서 아비게일과도 대련을 하게 되었고, 이제는 더 많은 시간을 아비게일과 함께 하게 되었다.

아무래도 말이 거의 없는 그레이너보다는 아비게일이 상대하기가 좋았고, 그레이너라는 공통점이 많은 대화를 나눌 수 있게 만들었다.

"……."

데비아니의 말에 아비게일은 복잡한 표정을 보였다.

많은 대화를 통해 아비게일은 그레이너의 말이 사실임을 알게 되었다. 그가 정말 동생을 위해 아즈라 왕국을 도왔고 지금도 돕고 있다는 것을.

이제는 맥기본 왕을 위기에서 구해주기까지 했으니, 지금 자신이 잘못하는 것은 아닌가 하는 생각이 들었다. 동생 때문이라지만 결국 아즈라 왕국을 위해 동분서주하는 그레이너를 자신이 방해하고 있는 것은 아닌가 하는 그녀였다.

"동생이라는 사람은 어떤 자죠?"

"그야말로 아즈라 왕국의 충성스런 기사지. 나라를 위해 자신을 희생할 줄 아는."

"그렇군요."

"그런데 정말 동생의 이름을 듣고 싶지 않아? 원하면 알려 줄 수 있는데."

"아니요. 그레이너가 말하지 않는 이상 듣지 않는 게 좋을 거 같아요. 약속한 건 아니지만 왠지 신의를 저버리는 것 같아서 말이죠."

"신의? 두 사람 사이에 그런 게 있는 건가? 서로를 불신하는 관계로 알고 있었는데?"

"불신하지만 사람 사이의 관계와 도리라는 게 있으니까요. 그 정도는 지키는 게 예의라 생각되네요."

"훗, 인간관계라는 복잡하기는 하지. 뭐, 정 그렇다면 없던 일로 하지."

데비아니는 그러며 여전히 천천히 검을 휘둘렀다. 하지만 이내 곧 인상을 찌푸렸다.

"그나저나 정말 이게 검술을 향상 시키는데 도움이 되는 거야? 그냥 천천히 움직이는 것뿐인데?"

"빠르게 검을 휘두르는 건 누구나 할 수 있어요. 하지만 느리게 휘두르는 건 생각보다 힘들어서 아무나 하기 힘들죠. 그래서 큰 도움이 된답니다."

"도움이 되는지 안 되는지는 모르겠지만 힘들기는 힘드네.

자세를 잡는 것도 그렇고 온힘을 다해 휘두르지 못하게 하는 것도 그렇고. 답답해 죽을 것 같아."

"인내심은 초조함을 사라지게 만들고 긴장감을 줄어들게 하죠. 마음을 평온하게 만들 뿐 아니라 강하게 단련시켜주는 효과도 있고요. 뭐 다 아시겠지만 말이죠."

"훗."

"이 훈련이 어떤 효과가 있는지 직접 느껴보는 게 도움이 되겠죠. 슬슬 속도를 올려보도록 하죠."

"좋아, 기다렸던 바야."

수웅.

슈아아!

데비아니와 아비게일의 검 속도가 올라갔다.

그러자 검의 기세가 달라졌고 위력도 달라졌다.

차차차창!

쩌엉! 챙!

검이 격돌하자 소리가 울렸다.

좀 전과는 차원이 다를 정도였다.

"후후!"

데비아니는 만족스러운지 즐거운 미소를 지었다.

참았던 희열이 분출되는 것처럼 그녀의 검에는 힘이 넘쳤고 그에 따라 검술도 달라졌다.

얼마간 대련은 이어졌고 잠시 후 아비게일이 말했다.

"다시 속도를 줄이죠."

그녀의 말에 검의 속도가 줄어들었고 곧이어 아까와 마찬가지로 느려졌다.

"어떠세요?"

"확실히 느낌이 달랐어. 대신 빠르게 움직였다가 다시 느리게 하니 자세가 흔들리는군."

"그것이 이 훈련의 묘미죠. 이것이 익숙해지면 자세와 검이 흔들리거나 무너지는 일은 없을 거예요."

데비아니는 고개를 끄덕였다.

"그런데 지금 나와 이래도 되나? 그레이너를 감시해야 되는 거 아닌가?"

그레이너는 다른 일로 자리를 비운 상태였다. 그 때문에 데비아니를 아비게일이 맡게 된 것이다.

잠시 대답을 못 하던 데비아니가 입을 열었다.

"하루 종일 붙어 있을 수는 없는 일이니까요."

"그렇긴 하지."

"……."

시간이 지나서 두 사람의 속도는 다시 맹렬하게 빨라졌다가 또 느려졌다.

데비아니와 아비게일은 그것을 반복했고 오랜 시간 대련은 이어졌다.

CHAPTER **09**
모여드는 사람들

죽은 자들의 왕

"또 왔군."

어느 시골 마을 구석진 곳에 자리 잡은 허름한 양화점.

일이 없는지 의자에 앉아 술을 홀짝거리던 주인이 가게로 들어오는 한 남자를 보고 아는 채를 했다.

남자의 정체는 바로 그레이너였다. 그리고 주인은 그의 정보상인인 칼이었다.

그레이너는 칼의 맞은편에 앉았다.

"부탁한 건 어찌 되었소?"

"급하기는. 어떤가?"

칼은 자신이 마시던 술병을 내밀었다.

그레이너는 고개를 저어 사양했다.

알겠다는 듯 칼은 한 모금 들이키고는 말했다.

"정보원의 소식에 의하면 어떤 귀족이 황자와 왕자들에게 다녀간 후 그들이 국경 문제를 알아보기 시작한 것 같다는 군."

이전에 들렀을 때 그레이너는 알렉산드로 황자와 왕자들의 죽음을 자세히 알아봐 달라고 했었다. 칼은 그것에 대해 이야기하는 것이다.

"귀족?"

"그렇네. 황자와 왕자들은 자신들의 모임을 만들었는데, 그 때문에 많은 방문자를 받았다고 하더군. 하루에도 수십 명이나 되는 사람이 그들을 만나기 위해 방문을 한 모양이네. 그런데 어느 날부터 그들이 국경 문제에 대해 관심을 보이기 시작했고 정보원은 아마도 방문자 중 누군가가 부추긴 것이 아닌가 예상된다고 하더군."

"그래서요?"

"정보원은 국경 문제를 알아보기 시작한 기간 즈음의 방문자들 목록을 획득한 후 조사를 시작했네. 그러자 수상한 자가 한 명 나왔다네. 이름은 애쉬모어, 남작의 작위를 가진 자였지."

"어떤 자요?"

"그건 알 수 없었네. 왜냐하면 흔적도 없이 사라졌으니까."

"칼, 당신이 흔적을 찾지 못했단 말이오?"

"믿기지 않지? 나도 그렇더군. 백방으로 수소문했지만 그 어떠한 흔적도 찾을 수가 없었네. 그야말로 존재하지도 않았던 것처럼 아무것도 없더군."

"실마리가 끊긴 것이오?"

"그런 듯했는데, 의외의 곳에서 흥미로운 것을 발견했네. 우리와 마찬가지로 은밀하게 애쉬모어를 찾는 자들이 있었던 거야. 난 역으로 그들을 조사하라 명했고 얼마 안가 그들에 대해 알기도 전에 정보원이 당하고 말았네."

"……."

"자네도 알겠지만 내 정보원들은 보통이 아니지. 그런데 아주 깔끔하게 죽임을 당했네. 마치 잠을 자다 죽은 것처럼 아무런 흔적도 없이 조용하게 말이야. 반항한 흔적조차 보이지 않더군. 그뿐 아니라 가지고 있는 모든 걸 싹 수거해 갔더군. 입고 있던 옷까지 모두. 발견 당시 발가벗겨진 상태였네."

"그렇다는 건 무언가를 알아냈다는 뜻이군요."

"맞네. 중요한 정보를 알아냈지. 그리고 정보원은 그것을 남겼지. 자신을 죽인 자들도 모르게. 거기엔 한 단어가 써 있었네. 바로 스프링스턴."

"스프링스턴?"

그레이너의 눈빛이 변했다. 그게 무얼 뜻하는지 알기 때문이다.

"맞네, 바로 스프링스턴 가문을 가리키는 것이네. 오르페아스 공작과 요르고스 후작을 배출한 노미디스 제국 최고의 가문."

스프링스턴 가문은 노미디스 제국 최고의 명문가 중 명문가로 역사상 소드마스터를 가장 많이 배출한 가문이었다. 서국 연합뿐 아니라 동국 연합에서도 알아주는 가문으로 지금 현재 오르페아스 공작과 요르고스 후작이 스프링스턴 사람들이었다.

오르페아스 공작과 요르고스 후작은 기사의 서열 2위와 3위로 형제였다. 오르페아스가 형, 요르고스가 동생으로 둘 다 엄청난 실력자로 알려져 있었다.

"스프링스턴 가문이 관계되어 있지만 제국 쪽과 관련된 것이 아니었네. 독립적으로 움직이는 것이었는데, 이상한 세력이 가문 안에 존재하더군. 자세히 알아볼 순 없었지만 아주 은밀한 것으로 보아 어쌔신 집단이 있는 것 같았네."

"어쌔신?"

"그렇네. 기사 가문에 어쌔신 집단이라니, 뭔가 냄새가 나지 않나?"

"그럼 그 외에 더 알아낸 것 없는 것이오?"

"알아낸 것이 없는 게 아니라 알아내지 않았네. 위험 부담이 너무 크기 때문에 모든 작업을 멈춘 상태지."

"이건 중요한 문제요. 의뢰비는 얼마든지 줄 테니 스프링스턴 쪽을 조사해 주시오."

"……."

칼은 쉽사리 대답하지 못했다. 상대가 상대인지라 결정을 내리기가 쉽지 않았다. 하지만 이내 고개를 끄덕였다.

"알겠네. 좀 더 알아보도록 하지. 또 다른 건?"

"연합 회담이 진행되고 있다던데?"

"소문을 들었나 보군. 맞네, 맥기본 왕이 제의를 했다는 군. 그리고 놀랍게도 모든 군주가 받아들였네. 정확히 보름 후, 회담을 개최할 거라는 군."

"장소는?"

"크로스비 중립 지역이네. 그곳에 있는 로셀리니 궁전에서 회담을 할 것이야. 그 용도로 만들어진 곳이니까."

"그렇군요."

이후 그레이너는 아즈라 왕국의 상황과 동태에 대해 물었다. 비톤 성에 있는 지라 정보에 어두운 상태였기에 칼을 만난 김에 궁금했던 것을 모두 물어보는 것이다.

그에 칼은 일왕자와 이왕자 세력이 아직까지 감옥에 갇혀 있는 것이나, 맥기본 왕으로 인해 왕국이 다시 정리되는 것 등 여러 가지를 이야기해 줬다. 그러다 칼이 무언가 생각났다는 듯 커진 눈으로 말했다.

"아, 자네 동생 소식을 들었는데. 자네가 알고 있는지 모르겠군."

"동생에 대해서요?"

"그렇네. 결혼을 했다더군. 알고 있었나?"

"예?"

그레이너의 표정이 변했다. 처음으로 얼굴에 감정을 드러낸 것이다.

"몰랐나 보군. 급작스럽게 이루어졌다고 했으니 모를 수도 있겠군."

"결혼을 했단 말이요? 데미안이?"

"음. 얼마 되지 않았네. 이틀 전이니까."

"상대가 누구요? 그보다 무슨 이유로?"

"혈육은 혈육인가 보군. 자네가 이렇게 놀라는 모습을 다 보이고. 놀라지 말게. 상대는 바로 로즈 공주네."

"……."

그레이너의 움직임이 멈췄다.

칼은 계속 말했다.

"어찌된 일인지 모르겠지만 맥기본 왕이 로즈 공주와 자네 동생 데미안을 결혼하게 했네. 데미안이 호위 기사의 신분이라 반대가 약간 있었지만 맥기본 왕이 강하게 밀어붙이자 그런 목소리도 쏙 들어갔다는 군. 아마도 일왕자와 이왕자 세력이 감옥에 갇혀 있었으니 반대의 목소리가 크지 못했던 모양이야. 결국 맥기본 왕의 참관 속에 결혼식이 진행되었고 로즈 공주와 자네 동생은 부부가 되었네. 그래서 이젠 부마라 불리게 됐다는 군."

놀라운 소식이었는데 그레이너는 금방 상황을 파악할 수 있었다.

맥기본 왕은 자신을 염두에 두고 데미안과 로즈 공주를 결혼시킨 것이 분명했다.

누가 봐도 데미안은 부마의 자격이 되지 않았다. 로즈 공주 곁에서 목숨을 걸고 지켜왔지만 그걸로 왕가의 기준에 미칠 수 없었다. 대신들도 그것을 들어 반대했을 것이다.

그럼에도 맥기본 왕이 두 사람을 결혼하게 한 건 데미안의 뒤에 그가 있기 때문이다. 그의 능력을 알아보고 데미안을 부마로 만들면 영원히 로즈 공주와 아즈라 왕국을 위해 힘써줄 것을 알고 그런 결정을 내린 것이 분명했다.

"하지만 더 놀라운 게 뭔지 아나?"

생각에 잠겼던 그레이너의 시선이 다시 칼을 향했다.

"바로 중립파가 로즈 공주의 편에 섰다는 것이네."

"중립파가 말이오?"

"그렇네. 맥기본 왕이 중립파의 수장 로드리오 공작을 불러 부탁을 했고 공작이 그것을 받아들인 모양이더군. 때문에 아즈라 왕국의 세력 판도가 순식간에 로그 공주에게 기울어 버렸네. 그것이 무엇을 뜻하는지 알겠지?"

"왕위를 물려주려는 것이겠죠."

"맞네. 맥기본 왕은 로즈 공주에게 왕위를 물려줄 생각인 모양이야. 그리고 지금 그것을 막을 세력은 아무도 없지."

"……."

일왕자와 이왕자 세력 대부분이 감옥에 갇혀 있는 상태였다. 그 외 나머지는 전쟁터에 나가 있고 말이다.

중립파가 로즈 공주의 편이 되었다면 그 누구도 공주를 어찌할 수 없었다.

'한 달. 맥기본 왕의 수명이 다하는 한 달이라면 로즈 공주가 중립파와 함께 완전히 정계를 자신들의 것으로 만들 것이다. 그럼 이후 일왕자와 이왕자 세력들이 풀려난다 해도 그걸 뒤엎진 못할 거야.'

맥기본 왕의 의도가 무언지 짐작이 갔다. 혼수상태에서 깨어나 정상이 아님에도 이렇게 주도면밀하게 일처리를 하는 것을 보면 역시 보통이 아니었다. 아마 일왕자와 이왕자 세력을 감옥에 가둔 것도 이런 상황을 만들기 위해 일부러 그랬는지도 몰랐다.

"동생에 대한 걱정이 많았을 텐데 한숨 덜었겠군. 축하하네."

그레이너는 고개만 끄덕일 뿐이었다.

이윽고 용무가 끝났는지 그레이너가 자리에서 일어났다.

"그럼 이만 가보겠소. 의뢰에 대한 중요한 소식이 들어오면 알려주기 바라오."

"알겠네. 잘 가게."

그레이너는 신형을 돌렸다. 그리고 막 나가려다가 갑자기 걸음을 멈췄다.

그가 고개를 돌리더니 물었다.

"칼, 혹시 에티안과 디로드가 뭔지 아시오?"

"에티안과 디로드? 에티안과 디로드라… 에티안, 디로드…… ."

칼은 고개를 갸웃거리다 두 단어를 계속 중얼거렸다. 표정을 보아하니 들어본 적은 있지만 기억이 나지 않는다는 듯 인상을 찌푸렸다.

그러다 얼마 가지 않아 생각났다는 듯 그의 눈이 커졌다.

"아, 기억나는군. 들어본 적이 있네."

그레이너가 다시 자리에 가 앉았다.

"그게 무엇이오?"

"나도 자세히는 알지 못하네. 예전 할아버지께 얼핏 들은 것만 알고 있지."

"그거라도 알고 싶소."

"자네도 알다시피 대대로 정보상인을 해왔기에 할아버지께선 많은 것을 알고 계셨네. 그래서 내가 어렸을 때는 옛날이야기를 하는 것처럼 이것저것 많은 것을 말씀해주셨지. 그중에 에티안과 디로드도 있었네."

칼은 아련하게 어렸을 때가 떠오르는지 자그마한 미소를

지었다.

"에티안과 디로드는 수천 년 전부터 존재한 초인 집단이라고 말씀하셨네. 바로 빛과 어둠의 초인들."

"빛과 어둠의 초인들?"

"그렇네. 뭐 그런 거 있지 않은가 전설이나 설화에 나오는 상상의 영웅 같은."

"……"

"에티안과 디로드가 그런 존재들이고 빛과 어둠을 대표해 수천 년 동안 싸워왔다는 그런 이야기였네. 그런데 의아하군. 이 이야기는 거의 알려지지 않은 건데 자넨 어떻게 알게 된 건가?"

"우연하게 기회에……. 저기 혹 더 자세히 알아 볼 순 없을까요?"

"글쎄, 말했다시피 아는 사람도 거의 없고 입과 입으로 전해지는 구전 이야기 같은 건데 조사해도 나올 것이 있을지 모르겠네."

"비용을 낼 테니 에티안, 디로드에 대해서도 좀 알아주시오."

"중요한 것인가 보군. 알겠네. 내 이것도 알아보도록 하지."

"……"

그레이너는 잠시 아비게일 후작을 연관지어 같이 조사해

보라 말해볼까 고민했다.

하지만 이내 고개를 저었다. 아직 그 정도까지는 필요 없을 듯했다. 조사가 이루어진 후 소득이 없으면 그때 말해도 늦지 않을 것이었다.

"부탁하지요. 그럼."

그레이너는 결국 다시 자리에서 일어났고 이번엔 별 말없이 가게를 나섰다.

그에 칼은 더 이상 장사를 할 생각이 없다는 듯 문을 잠궜다.

그리곤 어딘가로 사라졌다.

＊　　　　＊　　　　＊

연합 회담이 결정되자 노미디스 제국 등은 소식을 전했고 아즈라에 대한 공격을 멈췄다. 회담이 끝날 때까지 휴전 상태가 된 것이다. 이젠 회담이 어떻게 결정 되냐에 따라 다시 싸우게 될지 전쟁이 끝날지 결판이 날 듯했다.

시간이 흘러 준비가 끝나자 모든 군주들이 병력을 이끌고 출발했다.

목적지는 크로스비 중립 지역.

크로스비 중립 지역은 두 연합이 합의하에 만든 중립 지대였다. 지금 같은 회담은 물론 두 연합 차원에서 소통하고 합의할 일이 있으면 크로스비 중립 지역에서 일을 처리했던 것이다.

맥기본 왕은 그사이 바쁘게 지냈다.

죽음의 기한을 아는 그였지만 맥기본 왕은 그동안 어두운 모습은 전혀 보이지 않았다. 원래 그랬던 것처럼 차갑고 냉철하게 난장판이 된 왕국을 정리했다.

업무에 복귀한 맥기본 왕은 아즈라의 상태를 확인하곤 인상을 찌푸렸다.

아즈라는 그야말로 처참하기 그지없었다. 그가 쓰러져 있는 동안 일왕자와 이왕자가 서로 왕국을 양분하다시피 해 싸우는 바람에 엉망이 되고 말았다. 자신들의 사람을 곳곳에 집어넣어 서로를 방해했고 그 때문에 멀쩡하던 곳까지 망가뜨린 상태였다.

맥기본 왕은 그것을 전부 새로운 사람을 대체함과 동시에 복구에 들어갔다.

일왕자나 이왕자 파와 관련된 자들은 일을 잘했든 못했든 무조건 파면하고 중립파로 채워 넣었다. 그에 중립파는 차근차근 두 세력의 자리를 차지해 갔고 곧 대부분을 장악할 수 있었다.

일은 순조롭게 진행되었지만 맥기본 왕은 안심할 수 없었다. 그가 계속 살아 있을 수 있다면 아무 문제가 없지만 그럴수가 없었다. 한 달이 지나면 자신은 죽는 것이다.

그 이후 일왕자와 이왕자 세력은 감옥에서 풀려날 것이고 다시 자신들의 자리를 차지하기 위해 중립파를 압박할 것이 분명했다.

그걸 최대한 저지하기 위해선 많은 대비를 해놓는 수밖에 없었다.

맥기본 왕은 그것을 그레이너라 생각했다.

그레이너가 로즈 공주와 중립파를 도와준다면 충분히 일왕자와 이왕자에 대항할 수 있다 여겼다. 그 때문에 데미안을 로즈 공주와 결혼시킨 것이다.

이제 대부분의 준비는 끝이 났다. 로즈 공주와 데미안이 결혼시키고 중립파가 주요 자리를 차지했다. 남은 것은 전쟁을 막는 일.

그것을 위해 맥기본 왕은 떠났다.

크로스비 중립 지역을 향해.

*　　　*　　　*

크로스비 중립 지역.

그곳은 아무것도 존재하는 허허벌판이었다. 존재하는 거라곤 커다란 규모의 왕궁 하나.

그 왕궁이 바로 로셸리니 궁전이었다.

사실 크로스비 중립 지역은 울창한 숲 지대였다. 그런데 두 연합이 중립 지역으로 선정하면서 주변에 있던 나무와 풀, 돌 등을 모두 자르고 뽑아내 허허벌판으로 만들었다.

그 이유는 서로의 안전을 위해서였다.

크로스비 중립 지역을 통해 드나들 사람은 대부분 고위족 이었다. 당연히 암살기도를 예상할 수 있었다. 지형지물을 통 한 공격이 들어올지 모르기 때문에 미연에 차단하기 위해 허 허벌판으로 만든 것이다.

그리고 지어진 것이 로셀리니 궁전.

회담을 위해 만들어진 궁전으로 총 3개의 궁으로 나뉘어 있었다.

서궁, 본궁, 동궁.

서궁과 동궁은 두 연합이 지내는 동안 사용할 궁이고 본궁 은 회담을 위해 만들어진 궁이었다.

평소 서궁과 동궁엔 각각의 연합에서 나온 병력이 지키고 있고 본궁은 차단된 상태로 있었다. 본궁이 열리는 것은 오직 회담이 진행될 때뿐이었다.

그리고 그 본궁이 열릴 날이 얼마 남지 않았다.

*   *   *

두두두두두!

허허벌판, 상당한 규모의 행렬이 어딘가를 향해 달리고 있었다.

주변에 아무것도 없어서인지 그들은 마치 제자리를 달리는 듯했는데, 한 가지 때문에 그런 착각을 멀리 할 수 있을 듯했다.

바로 저편으로 보이는 궁전.

달리면 달릴수록 궁전의 크기는 커져갔고 그 앞에 도착했을 때 그들 앞엔 거대한 궁전 펼쳐져 있었다.

궁전 앞에는 상당한 수의 병력이 주둔하고 있었다.

그에 행렬에서 한 떼의 인마가 나오더니 병력 앞에 다가갔다.

그러자 대기하고 있던 기사가 물었다.

"어디서 오셨습니까?"

"아즈라 왕국에서 왔네."

그 말에 기사가 고개를 끄덕였다.

"기다리고 있었습니다. 들어가시지요. 아즈라 왕국의 맥기본 국왕 전하시다! 문을 열어라!"

그그그그긍!

기사의 외침에 궁문이 열렸다.

행렬의 정체는 바로 아즈라 왕국의 행렬이었다. 아즈라를 출발한 맥기본 왕이 드디어 로셀리니 궁전에 도착을 한 것이다.

아즈라 행렬은 궁전 안으로 진입했다.

"아니 이게······."

"생각했던 것과 다른데?"

로셀리니 궁전 안에 들어서서 궁의 모습은 보자 행렬에 속한 사람들이 놀라워했다. 그런데 그 놀라움이 감탄이 아닌 실망에 가까운 것이었다.

로셀리니 궁전은 굉장히 심플했다. 무슨 뜻이냐 하면 놀랍게도 궁전 안에 있는 거라곤 딱 3개의 궁뿐이었다.

바깥의 허허벌판처럼 궁전 안 역시 아무것도 없었다. 궁만 지어져 있을 뿐 조경을 위한 화원이나 나무, 예술적인 조각상 등 그 무엇도 존재하지 않았다. 정말 궁만 있을 뿐이었다.

아무나 올 수 없는 중립 지역이라 기대를 했던 자들은 실망을 감추지 못했다. 대부분 두 연합이 모이는 장소이니 대단할 거라 예상했던 것이다.

그렇게 실망을 뒤로 하고 행렬은 동궁에 도착했다.

행렬은 멈췄고 입구에 가장 큰 마차가 자리를 잡았다.

그러자 기사와 병사들이 마차 앞에 일렬로 늘어서며 경계 태세를 취했다.

잠시 후, 마차의 문이 열렸다.

끼익.

문이 열리며 누군가가 마차에서 내렸다.

한데 그 모습이 엉거주춤했다. 무엇 때문인지 보이는 사람이 불편해 보일 정도였다.

"전하, 내리시지요."

그런데 내리는 사람이 한 명이 아니었다. 두 명이었다. 한 명은 다른 한 사람을 부축하고 있었다.

이윽고 힘들게 두 사람이 마차에서 내리자 얼굴이 드러났다.

한 명은 당연히 맥기본 왕이었다. 맥기본 왕의 상태는 좋지 못했다. 한 달이라는 기한이 얼마 남지 않아서 인지 병색이 완연하고 얼굴이 시커멓게 변해 있었다.

맥기본 왕은 몸도 가누지 못할 정도로 힘이 없어 누군가가 부축을 해주지 않으면 안 될 정도였다.

그런 맥기본 왕을 부축하고 같이 마차에서 내린 사람이 있었으니, 그는 바로 데미안이었다.

놀랍게도 데미안이 맥기본 왕과 함께 연합 회담에 참석하게 된 것이다.

한데 그의 모습이 많이 변해 있었다. 지금까지 기사의 차림을 하고 있었던 그가 지금은 고위 귀족만 입은 고급 연미복을 입고 있었다.

데미안의 모습이 변한 이유는 그가 부마, 즉 공주의 남편이 되었기 때문이다.

얼마 전, 데미안은 로즈 공주와 결혼식을 올렸고 백작의 작위를 받았다. 부마에게 내려진 작위라 명예직이긴 하지만 정식으로 귀족이 된 것이다.

"들어가시죠."

"음."

데미안은 맥기본 왕을 부축해 동궁으로 들어갔다.

동궁 안은 또 다른 5개의 궁으로 나뉘어 있었다. 나라마다 하나씩 정해져 있는 것이다.

맥기본 왕과 데미안은 아즈라 궁으로 들어갔고 맥기본 왕이 머물 처소에 자리를 잡을 수 있었다.

"누우십시오."

데미안은 처소에 들어서자마자 맥기본 왕을 침대에 눕혔다. 몸이 많이 안 좋아진 것도 있지만 오랜 여행을 한 상태라 휴식이 필요했다.

"음… 조금 낫구먼."

찌푸린 표정이었던 맥기본 왕이 편안한 얼굴을 했다.

"여독이 상당하실 겁니다. 한숨 주무십시오."

"그래야겠네. 아 그리고 좀 있다 회담 동향에 대해 알려주게나."

"예, 알아보겠습니다. 그럼."

"음."

데미안은 인사를 하고 방을 나섰다.

방은 조용해졌고 맥기본 왕은 잠에 빠져들었다.

몇 시간 후, 잠에서 깨어난 맥기본 왕은 데미안을 찾았다.

그에 데미안이 즉시 달려왔다.

"부르셨습니까."

"음, 앉게."

"예."

데미안은 침대 옆에 앉자 맥기본 왕에게 말했다.

"몸은 좀 어떠십니까?"

"한숨 자고나니 좀 괜찮아졌네. 피곤이 많이 가셨어."

"다행입니다."

"그래, 좀 알아보았나?"

"예. 현재 거의 대부분의 군주가 도착을 했습니다. 아직 도착하지 않은 군주는 가장 먼 거리에 있는 라베 왕국의 트라페로 국왕과 릭카즈 왕국의 코건 국왕입니다. 그분들만 오시면 회담을 시작할 수 있을 겁니다."

"하지만 바로 시작하지는 않겠지."

"예. 아무래도 주 목적은 회담이라도 격식과 절차를 무시할 수는 없을 테니까요. 3일간 파티와 연회를 치른 후 회담을 시작할 것 같습니다."

"마음 같아서는 모두 무시하자고 하고 싶군."

시간이 얼마 없는 맥기본 왕 입장에선 파티와 연회는 쓸데없는 짓이었다. 하지만 귀족 사회에선 당연한 절차였기에 어떻게 할 수 없었다.

"내 지금 몸 상태로는 아마 연회에는 참석하지 못할 것 같군. 그러니 자네가 나 대신 가게."

"제, 제가 말입니까?"

데미안은 당황한 모습을 보였다. 연회는 단 한 번도 가보지 못한 그였다. 결혼식도 맥기본 왕이 원하지 않아 연회도 없이 했었다.

그런 상황에 자신 혼자가라니. 데미안은 난감한 표정을 지었다.

"전하, 저 혼자 연회에 참석을 한다는 건 좀… 전 전하 곁에 있겠습니다."

"자네, 내가 왜 자넬 데리고 왔는지 아나?"

"예? 그건……."

"자네를 통해 로즈가 결혼을 했고 이제 곧 왕위에 오를 것임을 알리기 위해서네."

"……."

데미안의 표정이 굳어졌다.

"알다시피 내 생명은 얼마 남지 않았네. 때문에 이번 회담에서 공표할 것이야. 로즈 공주가 다음 왕이 될 것임을."

"……."

"자네는 그것을 저들에게 이해시키기 위한 장치네. 중요한 자리에 부마를 데리고 왔다는 건 그만큼 중히 여긴다는 뜻이고, 로즈가 왕이 된다는 것이 거짓이 아니라 말인 거지. 내 말 알겠나?"

데미안은 고개를 끄덕였다. 그제야 맥기본 왕의 숨은 뜻을 안 것이다.

"예, 잘 알겠습니다. 그럼 연회에 참석하도록 하겠습니다."

"그래. 그리고……."

이후 맥기본 왕은 데미안과 몇 가지를 더 상의했다. 가장 믿을 수 있는 사람이 데미안이고 의지할 수밖에 없기에 그와 많은 이야기를 나누는 맥기본 왕이었다.

그렇게 시간이 흘러 며칠 후, 모든 군주가 도착했고 드디어 연회가 결정되었다.

CHAPTER **10**
회담의 시작, 그리고 예상치 못한 일

죽은 자들의 **왕**

"안녕하십니까, 아벨 왕국의 매든 백작이라 합니다."

"반갑습니다. 전 라베 왕국의 로마니 자작입니다."

연회는 로셀리니 궁전의 본궁에서 열렸다. 두 연합의 많은 귀족들이 연회에 참석했고 서로 인사를 나눴다.

평소에는 으르렁대는 두 연합이지만 연회에서는 매너 있게 행동했다. 거기다 이번 회담 자체가 아주 중요한 것이었기에 서로 조심할 수밖에 없었다.

그렇게 사람들이 인사를 나누는 그때 조용히 지켜보는 어떤 이들의 눈길이 있었다.

두 명의 남자로 노인과 중년인이었다.

그들은 놀랍게도 마스터라 불린 노인과 제자라 했던 중년인이었다.

어떻게 된 것인지 두 사람이 이곳에 나타난 것이다.

"굳이 나오실 필요까진 없으셨는데 말입니다."

중년인이 노인을 향해 공손하게 말했다.

노인은 연회장을 둘러보며 나지막하게 대답했다.

"주변에 아무것도 없지 않느냐. 사람 구경이라도 해야지. 그나저나 맥기본 왕의 상태가 좋지 않다고?"

"그렇습니다. 알아보니 갈수록 병세가 악화되고 있답니다. 베넴 독을 완전히 해독한 것이 아닌 듯합니다."

"뭐 어느 정도 예상하지 않았느냐. 베넴 독은 지금까지 내가 만든 독 중 가장 강력한 독이다. 나 말고 완전히 해독할 수 있는 자가 존재할 수 없지."

"맞습니다. 그런데 그렇게 보면 상당히 놀랍습니다. 혼수상태에 빠지면 절대 깨어날 수 없는 독성을 가졌는데 그걸 치료하다니. 상대가 누군지 모르겠지만 베넴 독에 대해 많은 연구를 한 것은 분명해 보입니다."

"그래. 누군지 놀라운 실력이야. 그건 인정할 만해. 네 생각엔 어떠냐? 아즈라로 국한하지 않고 포이즌 우드 전체를 포함했을 때 예상되는 자가 있느냐?"

"전체로 봤을 때 예상되는 자라면 몇 명이 있습니다. 지금 3대 어쌔신 길드 중 하나가 된 슬리먼의 마스터 하든과 최고의 도둑 길드라는 루의 부 마스터 사미, 그리고 마지막으로 독초의 왕이라 불리는 릭카즈 왕국의 나티엠포까지, 이들 3명이 독으로는 상당한 실력을 가지고 있지요. 스승님께는 미치지 못하지만 말입니다."

"독으로 봤을 때 유명한 인물들이긴 하지. 하지만 네 말대로 그들이 베넴 독을 조금이라도 해독할 수 있다곤 생각되지 않는구나. 그들 실력으로 그건 불가능해."

"그렇겠지요. 결국 누군지 알 방법은 한 가지밖에 없습니다. 맥기본 왕에게 직접 물어보는 것."

"음. 그게 가장 간단히 해답을 얻는 방법이겠지. 어렵지도 않고 말이다. 그래도 그전에 맥기본 왕을 직접 봤으면 좋겠는데."

"연회 마지막 날에 올지 모르겠습니다. 상태로 봐서는 참석하지 않을 확률이 높을 듯합니다."

군주들은 연회의 마지막 날에만 참석을 한다. 정점의 신분을 가진 자들이기에 가볍게 모습을 보이지 않는 것이다. 그것이 정해진 법도이자 예의였다.

"그렇다면 할 수 없지. 회담 장소에서 직접 보는 수밖에."

그렇게 두 사람이 이야기를 나누는 와중에도 귀족들이 속속 도착해 인사를 나눴다.

노인과 중년인은 가지각색의 사람들을 보며 지루함을 풀어가고 있었다.

그런데 얼마나 지났을까.

누군가의 도착에 사람들의 관심이 몰리는 일이 벌어졌다.

그 사람은 바로,

"아즈라 왕국의 데미안 백작께서 도착하셨습니다!"

데미안이었다.

웅성웅성!

데미안이 왔다는 외침에 사람들은 수근거렸다. 그 이유는 그가 부마가 되었다는 소식이 로셀리니 궁전 안에 모두 퍼졌기 때문이다.

현재 가장 많은 관심을 받는 나라가 아즈라 왕국이었고, 거기다 맥기본 왕이 자식이 아닌 부마를 데리고 왔다는 건 중히 여긴다는 뜻이었기에 궁금해할 수밖에 없었다.

사람들은 연회장 입구를 바라보며 데미안이 나타나기를 기다렸다.

그 기대에 부응하듯 데미안은 금세 모습을 드러냈다.

"어머머, 준수하네요. 몸매도 좋고요."

"그러게요. 기사 출신이라더니 다부진 면도 보이네요."

"그런데 좀 평범하군요. 비범함이나 특별함은 보이지 않네요."

궁금함과 관심의 다음은 의례 그렇듯 평가였다. 사람들은 데미안의 모습을 보고 이런저런 평가를 했고, 그걸 토대로 데미안에 대한 인식을 만들어갔다. 이제 남은 건 데미안이 사람들과 맺은 관계를 통해 그게 좋은 쪽으로 갈지 나쁜 쪽으로 갈지 결정되는 것뿐이었다.

'시선이 따갑군.'

데미안의 사람들의 시선이 집중되는 것에 부담을 느끼지 않을 수 없었다. 가뜩이나 혼자였기에 상대적으로 더 긴장이 느껴졌다.

그는 연회장에 들어섰지만 더 이상 뭘 하지 못했다. 연회에 처음 오는 것이었기에 무엇을 해야 할지 알 수가 없는 것이다.

사람들은 그런 데미안에게 더욱 시선을 주었는데, 갑자기 누군가가 그에게 다가갔다.

데미안은 자신에게 다가오는 사람을 바라봤다. 겉으로는 담담했는데 속은 굉장히 당황하는 중이었다.

'이 여자 왜 나한테……'

이내 바로 앞에 다가오자 그는 여인의 모습을 자세히 볼 수 있었다.

여인은 굉장한 미인이었다. 그리고 큰 특징이 있었는데 바로 붉은색이었다. 머리와 눈동자가 붉은색으로 굉장히 강렬한 느낌을 주고 있었다.

여인은 밝은 미소를 지었다. 그러더니 말했다.

"오랜만이에요, 데미안."

'오랜만? 그 말은 날 알고 있다는 거잖아. 이런!'

데미안은 크게 당황했다. 처음보는 여자가 아는 채를 하니 당황하지 않을 수 없던 것이다.

'난 만난 적이 없는 여자다. 그렇다는 건 형이 호위를 할 때 만난 여자인데, 이런 특징을 가진 여자가……'

데미안은 머릿속으로 떠올려봤다. 그레이너는 자신이 호위하던 중에 있었던 정보를 정리해 모두 알려주었고 그는 분명 전부 읽어보았다. 생각해 보면 누군지 알 수 있을 것이었다.

'붉은 머리에 붉은 눈. 그건… 아!'

이내 데미안은 여인이 누군지 생각났다.

"아, 오랜만에 다시 뵙습니다. 안드레아 황녀님."

그랬다.

그녀는 바로 시어스 제국의 황녀 안드레아였다. 그녀도 회담에 참석하기 위해 아버지인 프렌더빌 황제와 함께 이곳에 온 것이다.

그런데 데미안의 인사에 안드레아 황녀의 눈빛이 살짝 변했다. 하지만 그건 아주 찰나의 순간, 그녀의 눈빛은 다시 본래대로 돌아왔고 미소를 지으며 이야기를 시작했다.

"맥기본 국왕 전하와 함께 왔다는 소식을 들었어요. 연회에서 만나지 않을까 했는데 역시 이렇게 보게 되네요. 그나저나 놀라운 소문이 들리던데 사실인가요?"

"로즈 공주 마마와 결혼 말이군요. 사실입니다. 며칠 전 결혼식을 올렸고, 국왕 전하를 보필하여 이곳에 참석한 겁니다."

"아, 그렇군요. 정말 축하드려요. 쉬운 일이 아니었을 텐데, 행복하길 바랄게요."

"하하, 감사합니다."

데미안은 어색해 보이지 않으려 온 힘을 다했고 다행히 그런 모습은 그다지 보이지 않았다.

자신이 잘하고 있다고 느꼈지만 데미안은 불안함을 느끼지 않을 수 없었다. 상대는 그냥 황녀가 아니라 시어스 제국의 정보부장 아닌가. 조금만 이상해도 눈치챌 것 같아 걱정이 이만저만이 아니었다.

데미안의 그런 마음을 아는지 모르는지 안드레아 황녀는 별 이상한 반응은 보이지 않았다.

"결혼을 해서 그런지 많이 부드러워졌군요. 예전에는 황녀인 제게도 냉랭하기 그지없더니."

"예? 아, 그때는 아무래도 호위기사였으니 그렇게 행동할 수밖에 없었습니다. 무례로 생각되셨다면 지금이라도 사과를 드리겠습니다. 이제는 부마의 신분이 되었으니 거기에 맞는 행동을 하다 보니 부드럽게 보이는가 봅니다."

"맞는 말씀이에요. 자리가 사람을 만드니 그에 맞는 모습을 보여야지요. 이해가 되네요."

두 사람의 대화는 화기애애했다.

그에 사람들은 흥미를 보였다. 다른 사람도 아닌 시어스 제국의 황녀 안드레아가 데미안과 즐겁게 대화를 나누니 관심이 가는 것은 당연했다. 특히 두 사람이 아는 사이라는 것에 많은 시선이 모였다.

"그나저나 아는 사람이 없어 인사를 나누기 힘들 텐데 도와줄까요?"

"아, 그래주시겠습니까?"

안 그래도 도움이 필요했던 데미안은 반색했다. 혼자서는 어렵지만 안드레아 황녀가 도와준다면 많은 도움이 될 수 있었다.

안드레아 황녀는 미소를 지으며 귀족들을 향해 데미안을 이끌었다.

"가죠. 제가 한 분 한 분 소개시켜 드릴게요."

"예, 그럼."

결국 데미안은 안드레아 황녀와 함께 여러 귀족들과 인사를 나누기 시작했다.

다른 사람도 아닌 안드레아 황녀가 이끌었기에 귀족들과 안면을 트는 것은 어렵지 않았다. 대부분 우호적인 반응을 보였고 데미안도 만족스러워했다.

데미안은 속으로 다행이라 생각하며 그렇게 연회에 자연스럽게 빠져들었다.

"허허허."

"왜 그러십니까, 스승님?"

한편, 노인과 중년인 역시 데미안을 보고 있었는데 노인이 묘한 웃음을 터뜨렸다.

그에 중년인은 의아한 표정을 지었다. 노인이 이렇게 웃는 일은 거의 없었기 때문이다.

"세상이란 게 참 재밌구나. 이런 걸 보면 운명이나 인연이란 게 없는 게 아니야."

중년인은 노인이 시선을 데미안에게 고정한 채 그런 말을 하자 물었다.

"혹 아는 자입니까?"

"아는 자?"

노인의 입가에 미소가 지어졌다.

"알기도 하고 모르기도 한다고 할 수 있지."

"그게 무슨……."

노인은 대답 대신 신형을 돌렸다. 그러더니 연회장을 나가는 것이 아닌가.

중년인은 그 뒤를 따랐다.

이윽고 시종이 마차를 가져왔고 두 사람은 올라탔다.

자리를 잡자 노인이 입을 열었다.

"데이빗."

"예, 스승님."

"아까 그자도 계획에 포함시키거라."

"……!"

데이빗이라 불린 중년인의 눈이 빛났다.

"정말이십니까?"

"그렇다."

데이빗은 잠시 가만히 있더니 이내 고개를 끄덕였다.

"알겠습니다. 그리 조치하지요."

두 사람의 대화는 그것으로 끝이 났고 이윽고 마차는 어둠 속으로 사라졌다.

*　　　*　　　*

3일간의 연회는 성공적으로 마무리가 되었다.

결국 이제 남은 것은 연합 회담.

그 연합 회담의 아침이 밝았다.

본궁 주변엔 수많은 병력이 자리를 잡았다. 드디어 연합 회담을 위해 본궁에 모든 군주가 모이기에 강력한 경계태세에 들어간 것이다.

병력이 자리를 잡자 얼마 안 가 기사들의 호위를 받으며 각 나라의 군주들이 나타났다.

그런데 군주들을 호위하는 기사들 중 기도가 남다른 자들이 한 명씩 있었다.

그들은 바로 소드마스터였다. 군주가 나선 만큼 호위를 위해 소드마스터들이 직접 나섰고 오늘 이렇게 함께 움직이는 것이다.

한데 군주들 중 유일하게 소드마스터가 없는 군주가 있었다. 바로 맥기본 왕이었다.

모든 소드마스터가 전쟁터에 출정한 상태라 소드마스터의 호위를 받을 수가 없었던 것이다.

이런 것 역시 군주의 자존심에 속했지만 맥기본 왕은 상관하지 않았다. 중요한 건 자존심이 아니라 왕국의 안위이기 때문이다.

그렇게 군주들은 하나 둘 회담장에 들어섰고 서로들 인사를 나눴다.

그런데 회담장에 군주들만 들어간 것은 아니었다. 회담장엔 군주 외에 한 명씩이 더 들어갈 수 있었는데, 대부분 중요 인물들이었다. 직계 자손이거나 고위 귀족 등 회담 내용에 대한 증인 목적으로 함께하는 것이었다.

"잠시 후 연합 회담을 시작하겠습니다. 귀빈들께선 자리에 착석해 주십시오."

그때 진행자의 목소리가 회담장을 울렸다.

그에 군주들이 자리에 앉기 시작했다.

군주들이 앉는 자리는 원탁으로 돼 있었는데 좌우로 나뉘어 있었다. 딱 동서로 나누어 놓은 것이다.

동국 연합과 서국 연합 군주들은 서로 마주보는 자리에 앉았고 그 뒤로 증인들이 자리를 잡았다.

"훗."

데미안도 맥기본 왕의 뒤에 앉았는데 아는 얼굴이 미소를 지어왔다. 바로 연회에서 만난 안드레아 황녀였다.

그날 황녀에게 많은 도움과 함께 이야기를 나누었기에 데미안은 친밀감을 느꼈다.

그렇게 모든 사람이 자리를 잡자 진행자가 말했다.

"그럼 지금부터 연합 회담을 시작하겠습니다."

그에 사람들의 시선이 진행자를 향했다.

"오늘 포이즌 우드 대륙의 위대한 군주님들을 모시고 연합 회의를 진행하게 되어 무한한 영광입니다. 전 크로스비 중립 지역을 맡고 있는 책임자 스필러스입니다."

스필러스는 모두가 알고 있는 자였다.

그는 어느 나라의 소속되지 않은 자로 오직 크로스비 중립 지역의 사람이었다. 대대로 가문이 크로스비 중립 지역에 속해 있기 때문에 두 연합과 조금도 관계가 없었다.

"오늘 이 자리에 왜 모였는지 모두 아실 겁니다. 바로 아즈라 왕국의 맥기본 국왕 전하의 요청 때문입니다."

사람들의 시선이 맥기본 왕을 향했다.

맥기본 왕은 맞다는 듯 고개를 끄덕였다.

스필러스의 말은 계속되었다.

"회담은 먼저 맥기본 국왕 전하의 회담 요청 이유부터 시작해 진행이 되고, 토의와 결정을 거쳐 마무리를 하도록 하겠습니다. 모두 이의는 없으신지요?"

그 말에 한 사람이 살짝 손을 들었다.

바로 노미디스 제국의 황제 크리스토스였다.

"잠깐, 그전에 우리 서국 연합은 맥기본 국왕에게 들을 말이 있소. 그것을 듣지 못하면 우린 회담을 할 수 없소."

"음."

서국 연합의 군주들이 고개를 끄덕였다.

그들이 듣고 싶은 것이 무언지는 모두가 알고 있었다.

그에 맥기본 왕이 입을 열었다.

"그건 아마도 알렉산드로 황자를 비롯한 왕자들의 죽음에 관한 내막이겠지요."

"맞소이다. 국왕이 서신에 적은 그 내용. 우리는 그 내막이라는 것을 듣고 싶소."

"알겠소. 그럼 말씀을 드리리다."

맥기본 왕이 말하려는 내막, 그것은 그레이너가 알려준 것이었다. 정보상인 칼에게 얻은 내용을 토대로 가설을 만들어 보내준 것이다. 완전히 무슨 일이 있었는지 모르는 지금 이렇게라도 해서 서국 연합의 분노를 다른 데로 돌려볼 생각인 것이다.

맥기본 왕의 말에 모두의 시선이 그에게 집중되었다.

맥기본 왕은 머릿속으로 말할 것을 정리한 다음 드디어 입을 열었다.

"중요한 정보통에 의하……."

그런데 그때,

"잠깐."

갑자기 누군가가 맥기본 왕의 말을 끊었다.

사람들은 누가 끊은 것인지 몰라 서로를 바라봤다. 하지만 모두 의아한 표정만 지을 뿐이었다.

"이쪽이네."

그때 스필러스의 뒤쪽에서 다시 목소리가 들려왔다.

그에 사람들의 눈이 커졌다.

군주들과 달리 스필러스의 뒤쪽에는 아무도 없고, 곧 그건 다른 사람이 회담장에 들어왔다는 뜻이 되기 때문이다.

"누구냐!"

사람들의 시선이 소리가 들린 방향으로 향했고 몇 명의 인영을 확인할 수 있었다.

불청객은 모두 12명.

아무도 모르는 사이 12명이나 되는 사람이 회담장 안에 들어와 있었던 것이다.

"어떻게 여기에 들어온 것이냐!"

"침입자가 있다! 어서 이자들을 잡아라!"

군주들은 호통을 치며 밖에서 대기하고 있는 병력을 향해 명령을 내렸다. 소드마스터들을 위시해 많은 병력이 문밖에 있었기에 침입자들은 문제가 되지 않을 것이었다.

"쯧쯧, 소용없는 짓을."

그런데 12명의 침입자 중 노인으로 보이는 자가 혀를 차며 고개를 저었다. 마치 아무 소용없다는 듯.

"왜 아무도 안 들어오는 것이냐! 침입자가 있다니까 뭐하는 것이야!"

"도대체 뭐하는 거야!"

그런데 그것이 맞다는 듯 그 누구도 들어오는 자가 없었다.

시간이 지나자 군주와 증인들은 이상함을 느꼈고 불안한 표정이 되고 말았다.

"에머턴 공!"

그런데 그때, 군주들 중 한 명이 노인을 향해 이름을 불렀다.

그에 모두의 시선이 그 군주를 향했다.

그는 바로 시어스 제국의 황제 프렌더빌이었다.

"프렌더빌 황제, 아는 사람이오?"

크리스토스 황제가 물었다.

프렌더빌 황제가 당황한 얼굴로 대답했다.

"그, 그렇소. 아버님의 친구분이시오."

프렌더빌 황제는 혼란스러운 얼굴을 했다. 그럴 수밖에 없었다. 여기에 노인을 데려온 것이 그이기 때문이다.

노인은 아버지의 오랜 친우로 그의 아버지가 목숨을 빚졌었다. 그 보답으로 오래전 황궁에 저택을 지어주고 살 수 있도록 했을 정도였다.

지금까지 좋은 관계를 유지해왔던 사이인지라 노인의 행동은 그를 혼란스럽게 만들기 충분했다.

더불어 안드레아 황녀도 노인을 알고 있었기에 믿기지 않는 눈빛을 하고 있었다.

그때 노인이 말했다.

"프렌더빌, 혼란스러운 듯하구나."

"……."

"그렇다면 알려주마. 내가 이 자리에 나타난 것은 좋은 의도가 아니다. 그게 내 대답이 되겠지?"

프렌더빌 황제는 아무 말도 하지 못했고 다른 이들은 그런 프렌더빌을 보며 굳은 표정을 보였다. 어떤 상황인지 짐작이 간 것이다. 그런데 다음 말에 굳은 표정을 넘어 심각하게 변했다.

"그동안 많은 신세를 졌다. 그래서 오늘로 그 신세를 끝마칠까 하는데."

신세를 끝마치겠다. 그것이 무엇을 뜻하는지 모를 사람은 아무도 없었다. 필요가 없어졌다는 이야기였다.

"지금 회담장 안에는 외부와 차단되는 막이 하나 쳐져 있네. 때문에 무슨 짓을 해도 바깥에 들리지가 않지."

"……."

"그러니 모두 추하게 발버둥치지 말고 겸허히 자신의 운명을 받아들이게."

그때 크리스토스 황제가 입을 열었다.

"잠깐, 우리도 말 좀 하고 싶은데."

노인의 시선이 크리스토스 황제를 향했다.

"말이라. 좋아, 포이즌 우드 대륙의 군주들을 처리하는 자리니 그 정도는 이해해주지. 무슨 말이 하고 싶은가?"

"먼저 당신은 누구요?"

"프렌더빌이 이미 말했잖나. 에머턴이라고."

"그게 진짜 이름은 아닐 것 아니오?"

"힘도 없는 자가 상대의 숨겨진 무언가를 얻으려 하는 건 욕심이지. 내 진짜 이름을 알고 싶다면 싸워서 날 이겨보게. 그럼 알려주지."

"……."

크리스토스 황제는 잠시 침묵했다. 가장 강력한 국가 중 하나인 노미디스 제국의 황제가 힘없는 자로 조롱을 받다니, 분노가 치밀지 않는다면 거짓말이었다.

"좋소. 그럼 다른 것을 묻지. 지금 보니 우리를 모두 죽이려는 것처럼 보이는데, 그래서 뭘 얻으려는 것이오? 그런 일을 해봤자 돌아오는 것은 포이즌 우드 대륙 전 국가의 추적 대상일 텐데."

다른 이들이 고개를 끄덕였다. 그들 역시 동감하는 것이다.

노인은 그 말에 비웃었다.

"후후, 살고 싶기는 한가 보군. 그런 식으로 협박을 하는 걸 보면."

크리스토스 황제의 인상이 찌푸려졌다.

"한데 예상하는 그런 일은 벌어지지 않을 거야. 왜냐하면 오늘 일로 인해 발생할 일은 우리를 추적하는 것이 아니라 동국 연합과 서국 연합의 전쟁이 될 테니까."

"뭐, 뭐야?"

"그게 무슨……!"

사람들의 표정이 변했다.

"우리가 원하는 건 동국 연합과 서국 연합의 전쟁이네. 사실은 처음엔 그걸 위해 알렉산드로 황자와 왕자들을 죽였지."

맥기본 왕의 눈이 커지더니 소리쳤다.

"그, 그럼 당신이!"

"그래, 우리가 한 짓이지."

"이, 이……!"

"네놈들이!"

서국 연합의 군주들은 크게 분노했다.

결국 자식들이 죽임을 당한 것도 모자라 저들에게 놀아나고 있다는 뜻 아닌가.

맥기본 왕과 데미안도 비슷한 상황이었기에 분노가 머리 끝까지 치솟아 올랐다.

그때였다.

"이놈!"

서국 연합에서 증인 자격으로 참석한 귀족 하나가 노인을 향해 달려들었다.

무기를 가지고 들어오는 것이 금지였기에 맨 손으로 공격을 했다.

분노를 이기지 못한 것이다.

그런데 귀족이 몸을 날리자마자 노인의 옆에 있던 중년인이 가볍게 손을 흔들었다.

그러자,

화라라락!

"끄아아아악!"

귀족의 몸에 갑자기 불이 붙더니 순식간에 녹아내리는 것이 아닌가.

그러더니 잠깐 사이 귀족의 몸이 불에 타버렸다.

재도 남기지 않고 깨끗하게 말이다.

"으헉!"

"이, 이럴 수가!"

그 모습을 보고 모두 놀라지 않을 수 없었다.

손을 흔든 것만으로 사람 하나를 순식간에 태워버리다니 경악을 금치 못할 장면이었다.

그것을 보고서야 사람들은 상대가 얼마나 무섭도록 강한 자들인지 알 수 있었다. 지금 자신들의 힘으로는 절대 어쩌지 못할 자들이었다.

"상황을 보아하니 이만 끝낼 때가 된 것 같군."

노인은 그렇게 말하곤 옆의 중년인을 바라봤다.

그러자 중년인이 뒤에 있는 자들을 보더니 고개를 끄덕였다.

그에 뒤에 나란히 선 열 명의 남자들이 동시에 고개를 까딱거리고는 신형을 날렸다.

"아, 안 돼!"

"레오네티 후작! 레오네티 후작!"

"바킨 후작!"

군주들은 놀라서 고함을 질렀다.

특히 함께 온 소드마스터들을 부르며 그들이 도우러 오기를 바랐다.

하지만 역시 목소리는 밖으로 조금도 나가지 못했고 공격이 시작되었다.

서걱!

"크아악!"

스가각!

"끄르륵!"

군주들과 증인 참석자들은 속수무책으로 당했다.

원래 전투를 하는 자들이 거의 없는데다 무기가 없어 대항할 방법이 전무한 것이다.

결국 한 명 한 명 죽어나가기 시작했고 사람들의 수가 줄어들었다.

"데미안."

한편, 죽음을 직감한 맥기본 왕이 데미안을 불렀다.

데미안은 즉시 맥기본 왕에게 다가갔다.

"예, 전하."

"미안하네. 정말 미안해. 자네를 이곳에 데리고 오는 것이 아니었는데. 내 잘못된 판단 때문에 결혼식을 올린 지 얼마 되지도 않은 딸을 미망인으로 만들었구먼."

맥기본 왕은 자책했다. 이런 상황이 벌어질 것을 몰랐다지만 데미안이 죽음으로 해서 혼자가 될 로즈 공주가 걱정되지 않을 수 없는 것이다.

"괜찮습니다, 전하. 이건 누구도 어찌할 수 없는 상황 아니겠습니까."

"가능성은 없지만 마지막까지 뒤로 빠져 있게. 버티다 보면 살아남을 희망이 있을 수도 있으니 알겠나?"

"예? 하지만……."

"하지만은 무슨 하지만인가. 이런 상황엔 그 정도 이기심은 부려도 되네. 욕심이 아니니까."

그런데 그때였다.

적 한 명이 그들을 향해 다가왔다.

그자는 아무런 말도 없었다.

즉시 검을 휘둘러갔다.

"안 돼!"

순간, 맥기본 왕이 무슨 힘이 났는지 몸을 벌떡 일으켜 데미안의 앞을 막았다.

서거걱!

"크허헉!"

그에 검이 맥기본 왕을 가르고 지나갔고 맥기본 왕은 그대로 쓰러졌다.

"전하!"

데미안은 쓰러지는 맥기본 왕을 받으며 소리쳤다.

"아, 안 돼!"

검은 정확히 맥기본 왕의 목부터 배까지 깨끗하게 갈랐다.

상처는 굉장히 심했고 그 때문에 보기가 끔찍할 정도였다.

"전하, 정신차려 보십시오! 전하!"

맥기본 왕의 몸은 축 늘어져 있었다.

데미안의 외침에 이윽고 힘겹게 맥기본 왕의 눈꺼풀이 떠졌다.

"로…즈를… 부탁하…네……."

맥기본 왕은 그 말을 겨우 내뱉더니 죽음을 맞이했다.

결국 베넘 독에 걸려 위기를 맞이했던 그가 이번엔 이겨내지 못하고 마침내 생명이 다한 것이다.

"맥기본 국왕 전하! 전하아!"

데미안은 목이 부서져라 맥기본을 불렀다. 그의 죽음이 믿어지지 않는 것이다.

"이!"

죽은 맥기본 왕의 시신을 움켜잡고 슬퍼하던 데미안이 고개를 쳐들었다.

맥기본 왕을 죽인 자를 찾는 것이다.

그는 어차피 죽을 거 조그마한 상처 하나라도 남기고 죽을 생각을 했다.

그런데 고개를 들자마자,

퍽!

"크헉!"

무언가가 날아오더니 눈앞이 번쩍했다.

데미안은 비명과 함께 그대로 기절하고 말았다.

"끄윽… 네, 네 놈들……!"

데미안이 기절하는 그때 마지막으로 남은 크리스토스 황제가 고통스럽게 말을 내뱉고 있었다.

그는 시뻘겋게 충혈된 눈으로 저주를 퍼부으려 했는데, 결국 원하는 것을 이루지 못했다.

스각!

한 명이 목을 베어버린 것이다.

모두 정리가 되자 침입자들이 이상한 행동을 하기 시작했다.

자신들의 검을 죽은 자, 특히 검을 익힌 자들의 손에 끼워 넣은 것이다.

그리고는 좀 더 난장판을 만들었다.

잠시 후, 어떤 행동이 마무리 된 후 그들이 외치기 시작했다.

"이놈들! 함정이었구나!"

"역시 동국 연합 놈들은 믿으면 안 돼!"

"믿지 못할 건 서국 연합 네놈들이다! 뒤통수를 치고 공격을 하지 않았느냐!"

서로를 향해 고함을 지르는데 마치 두 연합 소속이 된 것처럼 외쳤다.

그리고 곧이어,

"밖에 뭐하느냐! 어서 저 간악한 서국 연합 놈들을 공격해라! 크억!"

"연합 회담은 함정이었다! 동국 연합 놈들을 공격하라! 으아악!"

그 외침이 끝나기 무섭게 노인이 알 수 없는 행동을 했다.

그러자 그들의 신형이 먼지처럼 사라지는 것이 아닌가.

그러기 무섭게.

콰앙!

문이 열리며 기사들이 쏟아져 들어왔다.

"이런 끔찍한!"

"어찌 이런 일을……!"

회담장으로 들어온 자들은 안에 펼쳐진 끔찍한 모습에 경악을 금치 못했다.

그리고 죽은 자들이 들고 있는 검에 상황을 짐작했다.

서로 싸우다 죽은 것으로.

동국 연합과 서국 연합의 병력은 동시에 그것을 봤고, 서로를 향해 무서운 눈으로 바라봤다.

결국 회담장 안에서 또 다른 싸움이 벌어지고 말았다.

CHAPTER **11**
스프링스턴가의 어쌔신

차차차창!

"보폭을 줄이세요. 너무 큰 보폭은 균형을 무너뜨리고 상대의 다음 움직임을 따라가지 못할 수 있어요."

카카캉!

"방어를 할 땐 상대의 무기가 아니라 어깨를 보는 겁니다. 그래야 다음 수를 예측할 수 있지요."

비톤 성의 개인 연무장.

아비게일과 데비아니가 대련을 하고 있었다.

두 여인은 빠르게 검을 주고받고 있었고 그런 와중 아비게 일은 잘못된 점과 적을 상대하는 방법에 대해 설명하는 중이었다.

한편, 연무장 한쪽에는 한 사람이 의자에 앉아 그런 두 여인을 바라보고 있었다.

그자는 바로 그레이너였다.

그레이너와 아비게일이 번갈아 가며 데비아니와 대련을 했고 지금은 그레이너가 쉬고 있던 것이다.

그렇게 얼마나 대련이 이어졌을까.

병사 한 명이 손에 무언가를 들고 연무장을 찾아왔다. 그 병사는 곧장 그레이너에게 다가갔다.

"로건 님, 서신이 왔습니다."

"서신?"

병사는 두루마리를 하나 내밀었다.

그레이너가 그것을 받자 병사는 인사와 함께 사라졌다.

"······."

그레이너는 두루마리를 살펴봤다.

아무것도 없었다. 보통 징표나 표식을 박아놓는데 그 무엇도 보이지 않았다.

이내 그레이너는 두루마리를 펼쳐봤다.

[급하게 서신을 보내네. 스프링스턴 가문에서 역으로 날 추적하는 바람에 몸을 피하게 됐네. 알아보니 어쌔신 집단의 규모가 생각보다 상당히 크더군. 그래서 더 이상 의뢰를 유지하

지 못할 거 같네. 미안하네.]

서신은 바로 정보상인 칼에게서 온 것이었다.

그는 피하는 와중 급하게 서신을 썼는지 글씨에 다급함이
보였다.

서신의 내용을 보자 그레이너는 스프링스턴 가문에 존재
하는 어쌔신 집단이 뛰어난 자들임을 알 수 있었다.

칼은 능력 있는 정보상인인데 그런 그가 급하게 몸을 피할
정도면 상대가 그에 못지않다는 뜻이었다.

[그리고 정보원이 마지막으로 보내온 정보에 의하면 스프
링스턴 가문의 어쌔신들이 크로스비 중립 지역으로 움직였다
고 하네. 아마도 무슨 일을 꾸미는 모양이야.]

그레이너의 눈빛이 변했다.

만약 사실이라면 보통 일이 아닐 가능성이 높았다.

어쌔신은 곧 암살을 뜻했다. 그런 자들이 모든 군주가 모여
있는 크로스비 중립 지역으로 움직였다는 건 심각한 상황이
발생할 수 있는 일이었다.

그레이너는 아비게일에게 알려야겠다고 생각했다. 맥기본
왕과도 관련된 것이기에 말하지 않을 수 없었다.

그런데 두루마리를 접기 전, 남아 있는 문장이 있었다.

온전한 문장이 아니었다. 너무 급해 완성을 하지 못한 문장이었다.

[자네 동생이 맥기본 왕과 함께 크로스비…….]

그레이너의 눈이 커졌다.

온전하지 않았지만 무슨 뜻인지 모를 그레이너는 아니었다.

쉬악!

의자에 앉아 있던 그레이너의 신형이 순식간에 사라졌다.

그러더니 아비게일과 데비아니의 곁에 나타나는 것이 아닌가.

그는 대련을 하고 있는 두 여인의 검을 쳐내버렸다.

따아앙!

"그레이너!"

"뭐하는 거죠?"

갑작스런 방해에 아비게일과 데비아니의 표정이 찌푸려졌다.

"데비아니님, 저희를 데리고 텔레포트가 가능하십니까?"

"뭐?"

대련을 막은 이유는 말하지 않고 갑자기 텔레포트를 묻자 데비아니는 의아함을 보였다. 그녀는 순순히 대답해 줬다.

"그래. 두 사람 정도와 함께 텔레포트 하는 건 내게 문제가
되지 않지."

그러자 그레이너의 시선이 이번엔 아비게일을 향했다.

"연합 회담이 열리는 크로스비 중립 지역에 정체 불명의
어쌔신 집단이 투입되었소. 맥기본 왕을 비롯한 군주들이 위
험하오."

"뭐에요?"

아비게일의 표정이 변했다.

그제야 그레이너의 행동에 대한 이유를 안 것이다.

"크로스비 중립 지역이라고? 좋아, 데려가 주지."

상황을 파악한 데비아니는 즉시 주문을 외웠다. 그리고 외
쳤다.

"텔레포트."

우우우우웅!

와아아아아아!

"죽여라! 저 사악한 동국 연합 놈들을 죽여라!"

"회담을 노려 공격을 하다니! 서국 연합을 놈들을 단 한 명
도 살려두지 마라!"

로셀리니 궁전에서 조금 떨어진 곳에 텔레포트를 한 그레
이너, 아비게일, 데비아니는 표정이 굳어졌다.

도착하자마자 믿기지 않는 장면을 목격하고 말았기 때문

이다.

"이게 어떻게 된 거죠? 왜 동국 연합과 서국 연합의 병력이 전투를⋯⋯."

"⋯⋯."

"불길하군."

데비아니는 자신과 관계된 일이 아니기에 건조하게 말했지만 그레이너와 아비게일은 아니었다.

두 사람은 자신들과 연관된 일이었기에 심각한 모습을 보였다.

그레이너가 말했다.

"안으로 들어가 보지요. 그래야 정확한 사정을 알 수 있을 것 같으니."

"그래요."

"음."

세 명은 이윽고 로셀리니 궁전으로 들어갔다.

"으아악!"

"죽어라! 커헉!"

안은 바깥보다 더 심했다.

훨씬 많은 인원이 나뉘어 전투를 벌이고 있었다.

그레이너 등은 간섭하지 않고 회담장을 향해 움직였다.

회담장을 찾는 건 어렵지 않았다.

구조가 간단한데다 그레이너가 로셀리니 궁전에 대해 어

느 정도 알고 있었기 때문이다.

"소드마스터들이에요."

회담장 근처에 도착하자 전투를 벌이는 자들의 질이 달라졌다.

익스퍼트급 기사들은 물론 소드마스터들까지 있었던 것이다.

"눈이 완전히 돌아갔군. 광분한 상태야."

데비아니는 소드마스터들을 비롯한 기사와 마법사, 병사 등을 파악했다.

모두 눈이 시뻘겋게 충혈 되서는 제정신이 아니었다.

상대를 죽이기 위해 자신의 목숨을 아까워하지 않고 있었다.

"들어가죠."

그레이너는 저들이 저렇게 된 이유가 회담장 안에 있을 거라 판단했다.

아비게일과 데비아니도 동감하고 회담장으로 들어갔다.

"이럴 수가!"

"처참하군."

"……."

회담장 안의 모습을 목격한 세 명은 놀라움을 금치 못했다.

인간의 죽음에 무덤덤한 데비아니도 반응을 보일 정도였다.

회담장 안은 그야말로 시체로 뒤덮여 있었다.

얼마나 치열하게 싸웠는지 팔 다리가 잘려나간 건 예사고 내장을 쏟아낸 자들도 있었다.

그만큼 잔인하고 지독하게 싸웠다는 뜻이었다.

그레이너는 그 이유를 알 수 있었다.

시체가 많아 자세히 보지 않으면 알 수 없지만 군주들의 시신이 보였다.

포이즌 우드 대륙을 대표하는 각 나라의 군주들이 차가운 시체가 되어 바닥에 뒹굴고 있는 것이다.

이유를 알 수 없어 어찌된 일이지 모르지만 군주들의 죽음에 두 연합의 병력이 이성을 잃었을 거라 예상이 됐다.

"저건!"

그때 아비게일 후작이 무언가를 발견하고 달려갔다.

그러더니 시체들 사이에서 어떤 시신을 끌어내는 것이 아닌가.

그 시신의 정체는 금방 알 수 있었다.

"전하! 맥기본 국왕 전하!"

그렇다.

시신의 정체는 바로 맥기본 왕이었다.

아비게일은 직접 맥기본 왕의 시신을 보자 분노의 감정을 감추지 못했다.

맥기본 왕의 복귀로 왕국의 안정을 기대했는데 이런 일이 벌어졌으니 화가 나지 않을 수 없는 것이다.

그레이너는 그런 아비게일을 신경 쓰지 않고 회담장 안을 둘러봤다.

그는 데미안을 찾고 있는 것이다.

이미 최악의 상황을 예상하고 있는 그레이너였다.

때문에 담담한 표정을 유지하고 있었는데, 눈빛 깊숙한 곳에선 희망의 끈을 놓지 않고 있었다.

그렇게 이리저리 찾던 그레이너는 데미안이 보이지 않자 이상함을 느꼈다.

맥기본 왕의 시신이 여기에 있다면 부마인 데미안이 같이 왔을 것인데 모습이 전혀 보이지 않으니 이해가 되지 않는 것이다.

'혹시 전투 중 다른 곳으로?'

데미안이 이곳에 없다면 다른 곳으로 움직였을 가능성이 높았다.

그에 그레이너는 다른 곳을 찾아보기로 했다.

그런데 그때,

"여기 이질적인 존재가 있었군."

데비아니가 갑자기 알 수 없는 말을 했다.

그레이너와 아비게일의 시선이 그녀를 향했다.

"무슨 말입니까?"

"말 그대로야. 여기에 이질적인 힘을 가진 누군가가 있었어. 그 흔적이 멀지 않은 곳으로 이어져 있어."

그레이너와 아비게일은 데비아니가 말한 것을 느껴보기 위해 정신을 집중했다.

하지만 아무것도 느껴지지가 않았다.

"소용없을 거야. 이 기운을 느낄 수 있는 건 내가 드래곤이기 때문이니까. 너희는 알 수 없어."

"이질적이라는 게 정확히 어떤 것을 말씀하시는 겁니까?"

"정확히? 글쎄, 알 수 없는 걸 정확히 뭐라고 설명할 수는 없을 것 같군. 대신 비유를 하자면……."

데비아니가 그레이너를 손가락으로 가리켰다.

"그레이너의 기운과 약간 동질감이 느껴져."

"……!"

그 말에 그레이너와 아비게일이 동시에 눈빛이 변했다.

아비게일이 말했다.

"흔적이 느껴지는 곳으로 저희를 안내해 주실 수 있을까요?"

"그럼. 따라와."

이내 데비아니는 회담장 밖으로 몸을 날렸고 그레이너와 아비게일이 그 뒤를 따랐다.

데비아니는 로셀리니 궁전을 나가 어딘가로 달렸다.

그녀의 말이 맞다면 주변의 허허벌판으로 무언가가 보여야 하는데 그러지 못했다.

하지만 그레이너와 아비게일은 아무 말도 하지 않았다.

데비아니가 잘못된 방향으로 갈 리가 없기 때문이다.

그렇게 한참을 달렸을 때, 드디어 처음으로 흔적이 발견됐다.

바로 한 구의 시신이었다.

"어쌔신이에요."

시신은 어쌔신 복장을 하고 있었다.

때문에 금방 신분을 짐작할 수 있었다.

'스프링스턴가의 어쌔신인가?'

로셀리니 궁전에서 어쌔신의 모습은 조금도 찾아볼 수 없었다.

칼의 정보가 맞다면 어쌔신이 있어야 했는데 전혀 그렇지 못했던 것이다.

그런데 궁전에서 멀리 떨어진 곳에 어쌔신의 시체가 있는 것을 보니 스프링스턴 가의 어쌔신들은 연합 회담의 군주들과 상관없는 일로 이곳에 온 것 같았다.

'그런데……'

한데 시신을 바라보는 그레이너의 눈빛이 묘했다.

의미를 알 수는 없었지만 뭔가를 알아챈 모습이었다.

"계속 움직이지."

세 명은 다시 흔적을 찾아 달렸다.

그런데 또 다른 시신들이 발견되기 시작했다.

그 수는 점점 많아져 조금만 둘러봐도 찾을 수 있을 정도가 되었다.

"이들은 다른 집단이에요. 어쌔신들끼리 죽이고 있는 거라고요."

시신들을 눈으로 확인한 아비게일이 말했다.

어쌔신들의 차림새가 크게 두 종류로 나뉘어 있었다.

그것으로 보아 하나의 집단을 볼 수 없었다.

그리고 죽어 있는 자들 중 상대편을 죽이기 위해 뒤엉키다 함께 죽은 자들도 있어 어렵지 않게 알 수 있었다.

얼마를 더 가자 드디어 산이 나왔다.

아스퀴 산맥으로 진입하는 부분이었다.

차차창!

띠디딩! 팅!

더불어 전투를 벌이고 있는 어쌔신들을 발견할 수 있었다.

아비게일의 말대로 어쌔신들은 두 집단을 나뉘어 싸우는 중이었다.

상당히 치열한 것이 어쌔신이라 그런지 비명 소리는 들리지 않고 무기 부딪치는 소리만 울려 퍼지고 있었다.

세 명은 어쌔신들 사이를 지나쳐 계속 움직였다.

의외로 어쌔신들은 그들을 발견했음에도 전혀 상관하지 않았다.

오직 자신들의 전투에 집중할 뿐이었다.

세 명은 귀찮은 일이 생기지 않아 다행이라 여길 뿐이었다.

그런데 그 다행스러움은 오래가지 못했다.

귀찮은 일이 결국 발생했기 때문이다.

쑤욱!

데비아니가 지나가는 와중 갑자기 나뭇가지 하나가 앞에 나타나며 시야를 가렸다.

산속에서 길을 가다보면 흔히 있는 일이었다.

데비아니는 무의식적으로 그것을 팔로 쳐냈다.

스각!

그런데 황당한 소음이 들려왔다.

베이는 소리가 들린 것이다.

데비아니는 자신의 팔을 봤다.

나뭇가지를 쳤는데 마치 검에 베인 것처럼 긴 상처가 나 있었다.

데비아니는 나뭇가지를 바라봤다.

그냥 일반적인 나뭇가지였다.

나뭇잎이 여기저기 달려 있는 그런 나뭇가지에 말이다.

누가 봐도 이해가 가지 않는 상황이었다.

쑤우욱!

그 당황스러움이 끝나기도 전에 이번엔 나뭇가지가 살아 있는 것처럼 데비아니의 옆구리를 찔러왔다.

데비아니는 이번엔 검을 뽑아 그것을 내리쳤다.

그러자,

창!

황당하게도 금속음이 터지는 것이 아닌가.

그제야 데비아니는 이상함을 눈치챘다.

데비아니는 자신을 공격한 나무를 베어버리겠다는 듯 검을 휘둘렀다.

카가각!

나무껍질이 튀며 나무가 흔들렸다.

"응?"

그러자 데비아니의 눈썹이 찌푸려졌다.

누군가 나무로 위장해 공격을 한 줄 알았는데 진짜 나무라니.

이런 경우는 처음이라 데비아니도 황당했다.

그때 나뭇가지가 눈에 보일 정도로 움직이더니 다시 공격해왔다.

휘익!

데비아니는 뒤로 물러났다.

그리고 검 대신 아예 마법으로 나무를 공격했다.

"아이스 락(Ice rock)!"

마법을 시전하자마자 거대한 얼음 바위가 만들어지더니 나무를 향해 날아갔다.

우지끈!

쿠쿵!

나무는 박살이 나며 통째로 부러져 버렸다.

역시 뭔가 특별한 점은 없었다.

그런데 옆 나무에 있던 덩굴 더미가 살아 움직이는 듯 꿈틀 거리더니 세 명을 한꺼번에 공격하기 시작했다.

그에 그레이너 등은 검으로 덩굴을 쳐냈다.

차차차창!

채챙!

카카캉!

한데 덩굴하고 부딪쳤는데 금속음이 울렸다.

그에 그레이너와 아비게일의 표정도 변했다.

덩굴의 공격은 그것이 끝이 아니었다.

공중을 돌더니 다시 공격을 하려 했다.

그 순간,

"테스, 그만해."

그레이너가 갑자기 덩굴을 향해 이상한 말을 하는 것이 아 닌가.

아비게일과 데비아니는 그런 그레이너를 의아하게 바라봤 는데 놀라운 일이 벌어졌다.

공격이 멈춘 것이다.

나무가 다시 잠잠해지자 그레이너가 왼팔을 앞으로 내밀 었다.

그리곤 그림자 군주 능력으로 어둠 속에 물들 듯 검게 만들었다.

"나다. 블랙8."

휘릭!

그러자 하나의 인영이 갑자기 나타났다.

세 명의 시선이 그자를 향했는데 그 인영이 상당히 특이했다.

몸이 녹색과 갈색, 검은색 등으로 뒤덮여 있었는데 마치 자연의 색으로 위장한 듯한 모습이었다.

하지만 그게 위장이 아니라는 건 바로 다음 장면에서 드러났다.

스르르르.

색이 빠지듯 서서히 옅어졌다.

그러더니 흰색 옷을 입은 한 여인의 모습이 되는 것이 아닌가.

"그레이너, 오랜만이야."

색이 전부 빠지자 여인은 그레이너를 향해 인사를 했다.

그녀는 귀여운 인상이었는데 나이를 종잡을 수가 없었다.

어떻게 보면 소녀 같고 또 어떻게 보면 성숙한 여인 같기도 했다.

"누구지?"

데비아니가 여인을 보며 물었다.

그에 그레이너가 대답했다.

"이전 블랙 클라우드의 동료입니다. 길드에서는 블랙7의 암호명을 가지고 있었고 이름은 테스지요."

그렇다.

그녀는 바로 블랙 클라우드의 길드원이었던 블랙7이었다.

그레이너의 바로 위 모르템이었던 것이다.

테스가 말했다.

"길드를 떠난 후 행적이 묘연해 조용히 살고 있는 줄 알았는데, 여기서 이렇게 만날 줄은 몰랐네?"

"사정이 있었지."

테스는 아비게일과 데비아니를 번갈아 보더니 미소와 함께 고개를 끄덕였다.

"그런 거 같네. 그런데 여긴 웬일이지? 오면서 봤으니 알겠지만 이 근처는 접근하면 안 되는 상황이거든."

"알고 있어. 하지만 물러날 수 없는 처지라. 우리는 누굴 쫓고 있는 중이거든."

"그래? 왠지 쫓는 대상이 같을 거란 생각이 드는데 말이야."

"네가 쫓는 대상이 누구지?"

"음, 그냥 알려줄 수는 없고. 힌트를 주자면 우리 둘이 잘 아는 사람이라고나 할까?"

"너와 내가 아는 사람이라. 역시 그런가 보군."

그레이너는 마치 알고 있는 게 있다는 듯 이야기했다.

이런 말을 하는 이유는 어쌔신들의 시신 때문이었다.

시신에서 무언가를 눈치챈 것이다.

그레이너는 갑자기 다른 것을 물었다.

"혹 서국 연합에 자리를 잡은 건가?"

"……."

테스는 잠시 대답을 하지 않다가 고개를 끄덕였다.

"그래. 우리들은 서국 연합에 자리를 잡았어."

"클레어가 이끌고 있겠군."

클레어는 바로 블랙2의 이름이었다.

모르템의 파벌은 블랙1과 블랙2를 중심으로 나뉘어 있었고 테스는 블랙2와 함께 했다.

그렇기에 그레이너가 짐작을 한 것이다.

그리고 테스의 대답으로 인해 알 수 있었다.

스프링스턴 가에 있는 어쌔신 집단이 바로 클레어와 테스에 의해 만들어졌다는 것을.

"클레어는 어딨지?"

"멀지 않은 곳에 있어."

"오늘 쫓는 대상을 상대하고 있는 건가?"

"아마 그럴 거야. 지금 쯤 붙잡았겠지."

"처리할 생각인 건가?"

"아니."

테스는 고개를 저었다.

"그를 죽일 수 있을지 장담할 수 없어. 우린 예상하는 최상의 결과는 그의 일을 막으려는 거야. 그의 계획이 실패할 수 있게."

"……."

그레이너는 잠시 생각하더니 말했다.

"나 역시 그자를 만나야 돼. 그렇게 보면 오늘만은 서로 도움이 될 거 같은데?"

테스는 아비게일과 데비아니를 바라봤다.

그러다 결정을 내렸는지 고개를 끄덕였다.

"좋아, 따라와."

그렇게 말하곤 테스가 몸을 날렸다.

"가죠."

그에 그레이너는 두 여인에게 말하며 따라갔다.

아비게일과 데비아니는 서로를 바라보다 역시나 뒤를 따랐다.

CHAPTER **12**
어둠 속에 잠기다

죽은 자들의 왕

"도대체 무슨 대화를 한 건지 설명 좀 해주지? 답답해 죽을 거 같은데."

데비아니는 테스의 뒤를 쫓으며 그레이너에게 물었다.

그레이너는 간단하게 답했다.

"목적지에 도착하면 모두 아시게 될 겁니다. 지금 저희가 가는 방향이 맞기는 맞습니까?"

그레이너의 대답에 입을 삐죽거린 데비아니는 고개를 끄덕였다.

"맞아. 그럼 다른 걸 알려줘. 테스라는 저 인간, 아까 도대체 어떻게 한 거지? 드래곤인 내가 숨어 있는 걸 느끼지도 못한데다, 겉모습은 식물인데 실제 타격은 검이었잖아? 어떻게 그게 가능했던 거지? 무슨 조화를 부린 거야?"

"테스의 능력 때문입니다. 그녀의 능력은 동화입니다. 카멜레온 능력이라고 하기도 하지요. 주변에 동화하여 완전히 자신의 흔적을 숨길 수 있고 다른 이들의 눈에는 무기까지도 사물로 보이지요. 동화 능력은 완전히 주변에 빠져들기 때문에 데비아니님이라 해도 알아차리지 못한 겁니다. 특히 이런 자연 속으로의 동화는 너무나도 강력해 절대 알아낼 수 없지요."

"동화 능력? 음, 신기하군."

드래곤인 데비아니도 동화 능력은 낯선지 신기하다는 반응을 보였다.

옆에 아비게일도 표현은 하지 않았지만 눈빛으로 비슷한 반응이었다.

얼마 동안 달린 네 명은 잠시 후 어느 산중턱에 도착했다.

"전투 중이군."

산중턱에는 많은 사람들이 모여 있었다.

아무래도 이곳에 다 모여 있는 듯했다.

터터텅!

카캉! 카가각!

산중턱 중앙에서는 어쌔신들의 전투가 펼쳐지고 있는 상태였다.

대규모 전투였는데 어느 쪽이 우세하다 여겨질 정도로 막상막하의 모습을 보였다.

그 외에 수뇌부로 보이는 인물들이 한쪽에 물러나 있었는데 그레이너 등이 도착하자 시선을 줬다.

테스는 두 수뇌부 중 두 남녀가 위치한 쪽으로 움직였다.

두 남녀는 테스와 함께 다가오는 그레이너 일행을 주시하더니 잠시 눈빛이 달라졌다.

바로 데비아니를 봤을 때였다.

이윽고 그들이 다가오자 두 남녀 중 여자가 나섰다.

그녀는 데비아니를 향해 예를 취했다.

"노미디스 제국의 클레어가 위대한 존재를 뵙습니다. 이쪽은 코노발이라 합니다."

여자는 바로 데비아니의 숨겨진 정체를 알아보고 인사를 올렸다.

그러며 함께 있는 남자도 같이 소개했다.

"음."

데비아니는 간단하게 고개만 까딱거렸다.

무성의해 보일 수 있지만 클레어와 코노발은 신경 쓰지 않았다.

드래곤의 위치에서 당연히 그럴 수 있기 때문이다.

이윽고 클레어의 시선이 테스를 향했다.

데비아니를 비롯해 무슨 이유로 이곳에 데리고 왔는지를

묻는 것이다.

테스가 대답하기 전 그레이너가 말문을 열었다.

"오랜만이야, 블랙2. 그레이너다."

"블랙8?"

그레이너의 소개에 블랙2로 불린 클레어의 눈빛이 변했다.

그렇다.

여인은 바로 블랙 클라우드 모르템의 일원이었던 블랙2였
다.

"놀랍군. 여기서 그레이너 당신을 다시 만나게 될 줄이
야."

"마찬가지야. 나 역시 생각지 못했거든. 그리고 반갑소, 코
노발."

그레이너는 코노발에게도 인사를 했다.

코노발은 무표정한 얼굴로 고개를 끄덕였다.

코노발은 모르템에서 블랙5의 암호명을 가지고 있었다.

"상황을 보아하니 전투를 벌이고 있는 것 같은데."

"그런 중이지. 상대가 누군지 확인하면 아마 깜짝 놀랄 걸?
저기를 봐."

클레어는 상대편 수뇌부를 가리켰다.

그레이너의 시선이 그쪽을 향했다.

상대 수뇌부는 총 세 명이었다.

남자 두 명과 여자 한 명이 있었는데, 그레이너의 시선은

그들에게 집중되지 못했다.

왜냐하면 그가 너무나도 찾던 사람이 그의 시선에 들어왔기 때문이다.

'데미안!'

저쪽에 세 명 외에 결박된 또 다른 두 명의 인영이 쓰러져 있었는데 그 중 데미안이 있었다.

죽은 줄 알았던 동생이 살아 있었던 것이다.

'살아 있었구나.'

그레이너는 크게 안도했다.

살아만 있다면 문제없었다.

잡혀 있는 상태지만 무슨 수를 써서라도 구할 자신이 있었다.

'안드레아 황녀?'

그의 시선은 자연히 함께 잡혀 있는 사람에게 향했는데 놀랍게도 그 사람은 시어스 제국의 황녀 안드레아였다.

그레이너는 두 사람을 보자 얼핏 이해가 가지 않았다.

안드레아 황녀와 데미안은 연관성이 없었다.

한 명은 제국의 황녀고 다른 한 명은 이제 갓 부마가 된 사람이었다.

도대체 군주들을 모두 죽이고 두 사람만 살려서 잡아온 이유가 의아해지는 그레이너였다.

그제야 그레이너는 상대 수뇌부로 시선을 옮겼다.

'역시.'

상대 수뇌부는 그가 예상한 사람들이었다.

바로 블랙 클라우드의 또 다른 인물들.

남자 두 명 중 중년인의 정체는 바로 블랙1 데이빗이었다.

모르템 중 가장 첫 번째이자 최고의 실력자로 블랙 클라우드 내에선 절대적인 영향력을 가졌던 자였다.

더불어 유일하게 길드마스터와 대면할 수 있는 자격을 가졌었기에 평상시엔 마스터와 동일한 지위로 여겨졌다.

다음 데이빗의 건너편에 자리하고 있는 여자는 블랙4 소냐였다.

소냐는 그레이너도 몇 번 만나지 못했을 정도로 길드 내에서 자신의 존재를 드러내지 않았었다.

때문에 그레이너가 유일하게 어떤 능력을 가졌는지 모르고 있었다.

아는 거라곤 무기를 쓰지 않는다는 것 정도였다.

'노인.'

마지막으로 두 사람 사이에 있는 노인은 그레이너가 모르는 사람이었다.

난생 처음 보는 자로 정체를 알 수가 없었다.

하지만 짐작은 갔다.

데이빗과 소냐를 마음대로 움직일 수 있는 사람은 한 명밖에 없기 때문이다.

바로 블랙 클라우드의 길드마스터 로젠블러.

로젠블러는 블랙 클라우드를 만든 자로 이전까지 아무것도 알려진 것이 없었다.

이름은 물론 성별, 나이까지 모든 것이 베일에 싸여 있는 정체불명의 인물이었다.

중요한 건 블랙 클라우드는 만들어진 지 천 년이 넘은 단체였다.

때문에 로젠블러라는 이름은 대대로 내려지는 것이었는데 어느 누가 마스터가 되는지는 전혀 알려지지 않았다는 것이다.

모르템 중 한 명이 되는 걸로 생각될 수도 있는데 알아본 바에 의하면 그렇지 않았다.

모르템은 모르템으로 끝날 뿐 길드마스터가 될 순 없었다.

그러니 누구에게 마스터의 자리가 돌아가는지 아무도 알 수 없었다.

"……."

그때 로젠블러로 예상되는 노인의 시선이 그레이너를 향했다.

그레이너는 그 시선을 피하지 않았다.

마주보았는데 순간 그는 묘한 느낌을 받았다.

깊숙이 잠겨드는 검은 바다 같은 느낌이랄까?

마치 영원히 헤어나오지 못할 깊은 어둠 같은 기분을 들게 만들었다.

"저자가 블랙 클라우드의 마스터인 로젠블러야."

그레이너의 시선을 본 클레어가 말했다.

그레이너는 시선을 옮기지 않고 물었다.

"어떻게 알지? 나와 마찬가지로 로젠블러를 본적이 한 번도 없을 텐데?"

"아니, 난 본적이 있어. 딱 한 번."

그레이너가 고개를 돌렸다.

"블랙 클라우드가 멸망하던 날 블랙1과 빠져나가는 그를 봤었어. 그 역시 나를 봤었지."

"……."

클레어의 말이 사실이라면 노인은 로젠블러가 확실했다.

허튼 소리를 하는 그녀가 아니기 때문이다.

"모두 물러서라."

그때였다.

데이빗이 갑자기 부하들을 물리기 시작했다.

그에 상대편 어쌔신들이 전투를 하다말고 물러나버리는 것이 아닌가.

"모두 물러나세요."

그러자 클레어도 어쌔신들을 빠지게 했다.

전투가 멈추자 노인이 한 발 앞으로 나섰다.

노인은 그레이너 등을 주욱 훑어보고는 클레어에서 시선

을 멈췄다.

그는 잠시 그녀를 바라보더니 말했다.

"클레어, 네가 여기에 나타날 줄은 몰랐구나."

그에 클레어도 한 발 앞으로 나섰다.

"마스터, 아니 길드는 사라졌으니 그냥 로젠블러님이라 불러야 겠군요. 로젠블러님이 그런 상황을 만드셨으니 어쩔 수 없이 나섰습니다. 가만히 있을 수는 없지 않습니까."

"훗."

노인은 미소를 지었다.

그것으로 그레이너는 확실히 알 수 있었다.

그가 정말 로젠블러라는 걸.

"말투를 보아하니 자신 있나 보구나."

"아니요. 자신 없습니다. 마음 같아서는 그냥 돌아가고 싶습니다."

"너완 상관없는 일이다."

"지금이야 그렇겠지요. 하지만 뒤에 가선 저뿐 아니라 포이즌 우드 대륙, 아니 파고타니아 세상 전체에 영향을 미치지 않습니까. 그러니 일이 벌어지기 전에 미연에 막으려는 겁니다."

그레이너는 이들이 무슨 이야기를 하는지 알 수 없었다.

하지만 대화 내용으로 보아 작은 일은 아닌 듯했다.

"이들로 날 막을 수 있다고 보느냐?"

로젠블러는 클레어 주변의 사람들을 보며 말했다.

클레어가 미소를 지었다.

"좀 전까진 사실 어렵다 봤습니다. 그런데 생각지 못한 손님들의 방문으로 이젠 가능성이 생겼지 않나 생각되는군요."

그 말에 로젠블러의 시선이 즉시 데비아니를 향했다.

마치 이미 그녀의 정체를 알고 있다는 듯이.

그리고 그것은 다음에 보인 그의 행동으로 인해 사실임이 드러났다.

"미천한 인간 로젠블러가 위대한 존재를 뵙습니다."

로젠블러가 데비아니를 향해 정중하게 예를 취한 것이다.

그에 데비아니는 나서지 않을 수 없었다.

"만나서 반갑구나. 데비아니라고 한다."

"중간계의 중재자이자 마법의 종주인 위대한 드래곤께서 이곳엔 어인 일이신지요?"

"우연이라고 할까. 친구의 길잡이를 하는 중이었다."

"그러시군요. 그렇다면 한 가지 여쭤도 될는지요?"

"물어보라."

"혹 저희들의 일에 개입하실 생각이 있으신지요?"

데비아니의 시선이 클레어를 지나 그레이너를 향했다.

그러더니 다시 로젠블러를 향해 말했다.

"대답을 하기 전에 나도 한 가지 물어보지. 아까 저 여인의 말에 따르면 네가 하는 일이 포이즌 우드 대륙은 물론 파고타니아 세상 전체에 영향을 미친다던데 사실이냐?"

로젠블러의 입꼬리가 올라갔다.

그는 망설임 없이 고개를 끄덕였다.

"사실입니다."

로젠블러의 대답에 데비아니의 얼굴이 무표정해졌다.

너무나 자신 있는 대답이 아닌가.

그것은 곧 그녀의 존재가 그다지 걸끄럽지 않다는 뜻 아닌가.

"그렇다면 내 대답은 '그렇다' 이다. 세상의 균형을 흔드는 일이라면 방관자로 있을 순 없지."

"그러시군요. 알겠습니다."

로젠블러는 이내 뒤에 있는 누군가를 바라봤다.

그러자 한 사람이 앞으로 나왔다.

바로 블랙1 데이빗이었다.

"데비아니님을 상대해 드려라."

"알겠습니다."

데이빗은 고개를 끄덕이곤 데비아니를 향해 걸어갔다.

그에 데비아니의 눈썹이 꿈틀거렸다.

자신을 너무나도 가볍게 여기는 행동에 화가 난 것이다.

그때 옆에 있던 그레이너가 말했다.

"본래 모습으로 현신하십시오."

"뭐? 현신?"

데비아니의 시선이 그레이너를 향했다.

"제 말을 믿으십시오."

"……."

화를 내려던 데비아니는 그레이너의 진지함에 말문을 닫았다.

그러더니 이내 그녀의 몸이 빛에 휩싸이는 것이 아닌가.

화아아아아!

밝은 빛과 함께 그녀의 신체가 서서히 커졌다.

그와 함께 다른 형태로 변화되어 갔다.

크롸아아아아!

잠시 후 데비아니가 완전히 다른 모습으로 변화했다.

바로 푸른 비늘로 뒤덮인 블루 드래곤으로 말이다.

드래곤으로 현신하자 주변에 있던 자들이 물러났다.

엄청난 위엄에 저절로 움츠러드는 자들까지 있을 정도였다.

데비아니는 날카로운 시선으로 데이빗을 노려봤다.

데이빗은 그녀가 현신하기를 기다렸다는 듯 가만히 서서 그녀를 바라보고 있었다.

그런 그를 향해 데비아니는 즉시 마법을 시전했다.

―아이스 캐논(Ice Cannon)!

푸화악!

새하얀 광선이 데이빗을 덮쳤다.

가만히 있던 데이빗은 여지없이 데비아니의 마법에 적중
됐다.

콰드드득!

데이빗의 주변이 하얀 운무에 휩싸이며 얼어붙었다.

얼마나 강력한지 멀리 있는 자들에게까지 싸늘한 기운이
느껴질 정도였다.

하얀 운무 때문에 모습이 보이지 않았지만 이정도 마법에
공격 대상이 됐다면 온전히 못할 듯 했다.

데비아니는 공격을 멈추지 않았다.

그녀는 바로 다음 마법을 준비했다.

그런데,

"인시너레이트(Incinerate)!"

하얀 운무에서 나직한 외침이 들리는 것이 아닌가.

그러자 갑자기,

콰콰콰콰콰!

데비아니의 발밑에서 어마어마한 크기의 불길이 솟아올랐
다.

―베리어!

데비아니의 눈에 놀람이 떠오르면서 즉시 방어 마법을 시
전했다.

푸화아아아!

불길이 뿜어지면 데비아니의 몸 전체를 감쌌다.

그 때문에 이번엔 데비아니의 신형이 보이지 않게 됐다.

―벤털레이션(Ventilation)!

순간 불길 속에서 데비아니의 외침이 들려왔다.

그러자 불길이 터져 나가더니 사라져 버리는 것이 아닌가.

잠시 후 그녀의 모습이 드러났다.

데비아니의 몸이 그을려 있었다.

베리어 마법을 사용했음에도 불구하고 공격을 완전히 막지 못한 것이다.

저벅, 저벅.

그때 하얀 운무에서 데이빗이 걸어나왔다.

"……!"

그런데 그의 모습에 사람들의 눈이 커졌다.

데이빗의 몸 전체가 불길로 이글거리고 있었기 때문이다.

아니 자세히 말하면 불길이 아니었다.

용암이었다.

신체 모든 것이 용암이 되어 들끓고 있었다.

"볼케이노(Volcano)."

그것을 보고 그레이너가 말했다.

바로 데이빗의 능력을 말이다.

블랙1 데이빗의 능력은 화산, 일명 볼케이노였다.

극강의 열기를 가진 힘으로 세상 모든 것을 흔적도 없이 태워버리고 지워버릴 수 있는 능력이었다.

데이빗의 모습을 보자 데비아니의 눈빛이 변했다.

그레이너가 왜 현신하라고 했는지 그제야 이해할 수 있었다.

타닷!

그때 데이빗이 몸을 날렸다.

거대한 데비아니를 향해 뛰어들면서도 전혀 겁내는 모습이 아니었다.

"라바 레인(Lava rain)!"

그는 오른손엔 이글거리는 검을 들고 왼손은 데비아니를 향해 내질렀다.

그러자 데비아니의 머리 위해서 용암이 쏟아져 내렸다.

"블링크!"

데비아니는 즉시 뒤로 피했다.

데이빗은 그녀를 따라갔고 둘의 치열한 전투가 그때부터 시작되었다.

"네가 생각했던 조력자가 빠졌는데 이제 어찌할 것이냐?"

데비아니와 데이빗이 빠지자 로젠블러가 클레어에게 말했다.

클레어의 눈썹이 찌푸려졌다.

드래곤인 데비아니의 도움을 기대했는데 이런 식으로 그녀를 제외시킬 줄은 생각지 못한 것이다.

하지만 그래도 실망할 때는 아니라 여겼다.

그레이너와 정체를 알지 못하는 아비게일을 합하며 수에서는 앞서기 때문이다.

로젠블러가 소냐와 함께 하더라도 5대 2이기 때문에 희망이 있었다.

그녀의 시선을 느꼈는지 코노발과 테스가 좌우에 섰다.

그레이너도 아비게일에게 신호를 주었고, 그에 두 사람도 전투에 동참하기 위해 나섰다.

"좋아. 그럼 이제 우리 차례군."

로젠블러는 고개를 끄덕이더니 뒤에 있는 소냐에게 말했다.

"그 둘을 잘 지키거라."

"알겠습니다."

놀랍게도 로젠블러는 소냐를 전투에 동참시키지 않았다.

안드레아 황녀와 데미안을 지키게 했다.

클레어, 코노발, 테스 세 명은 그 모습에 아무런 반응도 보이지 않았다.

다섯 명을 혼자서 상대한다는 것에 기분 나빠할 수도 있지만 그것보다는 오히려 긴장했다.

그 이유는 로젠블러의 힘을 정확히 모르는 상태이기 때문이다.

블랙 클라우드의 일원이었지만 로젠블러를 만난 적도 상대해 본 적도 없기에 미지의 상대였다.

하지만 한 가지는 알고 있었다.

바로 블랙1 데이빗보다 강하다는 것.

데이빗보다 강하다는 건 여기 있는 누구보다 강하다는 뜻이 되기에 혼자 나선다고 가볍게 볼 수 없었다.

그레이너도 그걸 알기에 조용히 무기를 들었고, 아비게일은 은연중 느끼는지 역시나 전투에 돌입할 준비를 했다.

스릉, 스릉!

로젠블러는 이내 검을 뽑았다.

양손에 하나씩 쌍검을 사용했다.

그에 그레이너 등은 준비했다.

상대가 상대이니만큼 자신의 능력을 완전히 발휘할 생각인 것이다.

한데 그 순간,

"홀드(Hold)."

로젠블러가 알 수 없는 말을 내뱉었다.

그런데 그 말이 끝나자마자 그레이너, 클레어, 코노발, 테스 네 명의 눈이 찢어질 듯 커졌다.

표정의 변화가 거의 없는 네 사람 모두 엄청나게 놀란 모습을 보인 것이다.

"놀랐나 보군."

그런 그들을 향해 로젠블러가 말했다.

네 사람의 시선이 그를 향했다.

"한 가지 사실을 알려주지. 너희가 가지고 있는 능력은 모두 내가 전해준 것이다. 즉, 본래 나의 능력이라는 거지."

그레이너 등의 표정이 굳어졌다.

"때문에 난 너희가 가진 능력을 내 의지대로 제한할 수 있다. 바로 지금처럼. 그리고 이것이 바로 나의 능력 중 하나지."

"……."

네 사람은 믿기지 않는 반응을 보였다.

마스터 로젠블러가 이런 능력을 가지고 있을 거라곤 상상도 하지 못한 그들이었다.

능력을 사용하지 못한다는 것을 알자 네 사람 모두 눈동자가 흔들렸다.

능력이 곧 자신감이고 모든 것이었기에 흔들리지 않을 수 없는 것이다.

마치 능력을 잃어 평범한 사람이 된 것 같은 그런 기분을 맛보는 순간이었다.

그런 그들을 향해 로젠블러는 미소를 지었다.

"이런 일에 흔들리다니. 역시 아직 많이들 부족하구나."

"……."

"지금부터 내 주변에 있는 한 너희는 능력을 사용하지 못할 거야. 더불어 너희 능력을 홀드한 대신 나 역시 아무런 능력도 사용하지 않을 생각이다. 그러니 이젠 평정심을 찾고 상대를 해보자꾸나."

그 말에 그레이너, 클레어, 코노발, 테스 네 명이 벼락같이 달려들었다.

쉬악!

샤라라락!

네 사람의 무기가 로젠블러의 몸 전체를 덮쳤다.

그야말로 피할 공간이 전혀 없었다.

더구나 더욱 살벌한 건 그들의 무기에 맺혀 있는 오러 블레이드였다.

네 명 전부 시작부터 오러 블레이드를 시전시켜 공격을 시도한 것이다.

스윽.

로젠블러는 놀라지 않았다.

그는 양팔을 가볍게 움직이더니 자신에게 다가온 검을 모두 쳐냈다.

차차차차차창!

터터텅! 카캉!

그때부터 치열한 공방이 시작되었다.

네 사람은 로젠블러를 죽이기 위해 치명적이 공격을 연신 시도했다.

하지만 로젠블러의 방어가 너무 견고했다.

검 끝이 그의 몸 근처에도 가지 못했다.

중간에 전부 막혔고 어떤 때는 들어오는 검의 방향을 임의적으로 바꿔 아군을 공격하게 만들었다.

그것 때문에 서로의 검이 뒤엉키기도 했다.

'괴물이다.'

네 사람은 동시에 생각했다.

로젠블러가 인간으로 보이지 않았다.

그들 모두 인간의 한계를 뛰어넘는 수련 속에서 최고의 실력을 가지게 되었다.

그런 그들을 마치 어린아이 상대하듯 하는 로젠블러가 어찌 인간으로 보이겠는가.

하지만 이건 로젠블러의 실력 때문만은 아니었다.

네 명 모두 능력을 사용하지 못하는 것 때문에 위축된 영향도 있었다.

자신들의 능력에 너무 의지해 왔다보니 능력을 사용하지 못하는 상황이 되자 원래 낼 수 있는 힘을 제대로 이끌어내지 못하는 것이다.

그렇게 다섯 명이 공방을 펼치는 그때 갑자기 누군가가 끼어들었다.

바로 아비게일이었다.

그녀는 상황을 지켜보다가 틈이 생긴 사이 로젠블러를 공격해 들어갔다.

스륵.

하나 로젠블러는 당황하지 않았다.

그의 실력에서 한 명이 더 늘어난다고 문제될 것은 없었다.

로젠블러는 아비게일의 공격을 피하며 그녀를 공격해 들어갔다.

그런데 그의 예상을 벗어나는 일이 벌어졌다.

푸욱!

아비게일이 그의 공격을 피하지 않고 그냥 허용한 것이다.

전혀 예상 밖의 상황이었다.

그 때문에 로젠블러의 검이 깨끗하게 명치 부분으로 파고들었다.

생각지 못한 행동에 로젠블러의 눈이 살짝 커졌고 그 사이 아비게일의 검이 그의 옆구리를 노렸다.

휘리릭!

창!

그에 로젠블러가 몸을 회전시키더니 다른 검으로 그것을 쳐냈다.

그리곤 아비게일을 바라보며 말했다.

"누군가 했더니 아비게일 후작이었군."

로젠블러는 그제야 그녀의 정체를 알아봤다.

브로디에게 이야기를 들었기 때문에 그녀가 어떤 능력을 가지고 있는 알고 있었기 때문이다.

아비게일도 그것을 짐작하고 있었다.

"당신 부하에게 내 얘기를 들었겠지요."

"맞소. 듣던 대로 재생 능력이 대단하군."

말하는 잠깐 사이 공격당했던 명치 부위가 금세 아물었다.

언제 상처가 있었냐는 듯 깨끗하게 사라졌다.

"그나저나 설마 이런 식으로 공격을 할 줄은 몰랐소."

"당신 부하에게 배웠답니다. 상황을 보아하니 저만 온전한 것 같으니 모든 힘을 다해보려 합니다."

"후훗."

로젠블러의 홀드 능력으로 인해 그레이너 등 네 사람은 능력을 사용하지 못했다.

하지만 홀드는 네 사람에게만 적용될 뿐 아비게일에게는 문제가 되지 않았다.

그녀의 능력은 로젠블러에게서 나온 것이 아니기 때문이다.

그렇기에 유일하게 능력을 사용할 수 있어 그녀의 힘에 따라 상황이 어떻게 변할지 몰랐다.

"가지."

쉬악!

그레이너 등은 아비게일이라는 변수에 희망이 생겼고 다시 공격에 들어갔다.

아비게일도 그들과 함께 공격을 시작했다.

채채채챙!

까가강!

다섯 사람의 공격은 이전보다 훨씬 강력해졌다.

마음이 안정되니 서서히 실력발휘가 되기 시작한 것이다.

하지만 그럼에도 역시나 로젠블러는 어려웠다.

다섯 명이 공격하는 데도 틈이 보이지 않았다.

아비게일이 그 틈을 만들기 위해 노력했지만 쉽지 않았다.

그래도 처음보다는 좋은 방향으로 흘러가고 있었다.

한데 얼마나 지났을까.

그레이너 등은 뭔가 이상함을 느끼기 시작했다.

따다당!

"윽!"

차창!

"헉!"

로젠블러와 격돌하면서 이해하지 못할 상황이 발생했다.

오러 블레이드가 흔들린 것이다.

로젠블러와 부딪칠 때마다 알 수 없는 충격이 왔고 그 때문에 시전하고 있는 오러 블레이드가 불안정함을 보였다.

거기다 아비게일은 로젠블러의 공격을 무시하지 못하는 처지가 되었다.

이전까지는 공격을 허용해도 바로 재생이 되었는데, 지금에 와선 재생이 잘 되지 않았다.

더불어 재생하는데 훨씬 많은 마나를 소모하는 것이 아닌가.

때문에 아비게일도 방어 무시 작전을 더 이상 사용할 수가 없었다.

그레이너 등은 혹시 로젠블러가 약속을 깨고 능력을 사용한 것이 아닐까 생각했다.

하지만 그런 것은 아니었다.

그가 능력을 사용한 느낌이 전혀 느껴지지 않았기에 그건 아닌 듯했다.

'그렇다면 오러 블레이드의 성질이 변했다는 말인가?'

그레이너가 생각했을 때 그 이유밖에 없었다.

그렇지 않으면 이럴 이유가 없었다.

하지만 어떻게 갑자기 오러 블레이드의 성질을 변화시킨단 말인가.

그건 소드마스터들도 불가능한 것이었다.

의문스러웠지만 알아낼 방법은 없었고 결국 헤쳐 나가는 수밖에 없었다.

그러나 상황은 더 어려워졌다.

다섯 명을 상대하는데 익숙해진 로젠블러는 강력한 반격을 시작했고, 오러 블레이드가 흔들리면서 그레이너 등은 위기에 빠지는 경우가 점점 늘어났다.

그레이너는 어떻게 해야 될지 고민을 했는데, 그가 모르는 사이 다른 일이 벌어지고 있었다.

클레어, 코노발, 테스 세 명이 눈빛을 주고받았다.

뭔가 다른 작전이 있는 듯 기회를 엿보기 시작했다.

그러다 그레이너와 아비게일이 로젠블러의 공격을 막는

순간,

휘릭!

타다닷!

갑자기 세 명이 동시에 로젠블러 뒤로 몸을 날렸다.

"......!"

갑작스런 행동에 그레이너와 아비게일의 동작이 흔들렸고 로젠블러의 공격을 허용하고 말았다.

두 사람은 뒤로 물러나며 클레어 등을 찾았다.

"잡아!"

세 사람이 로젠블러를 지나쳐 목표로 한 것은 의아하게도 소녀였다.

황당하게도 로젠블러와 전투를 벌이다 소녀를 공격한 것이다.

소녀는 그들의 공격을 회피하다 안 되겠는지 몸을 날렸다.

그에 세 사람도 그녀를 쫓기 위해 따라갔다.

"......."

그레이너와 아비게일은 그들이 왜 이해되지 않는 행동을 했는지 생각했다.

그 이유는 오래지 않아 찾을 수 있었다.

바로 안드레아 황녀.

소녀는 몸을 날리며 안드레아 황녀를 데리고 갔는데, 세 사람의 시선이 황녀를 향하고 있었던 것이다.

왜 황녀에 그들이 관심을 가질까?

그건 로젠블러 등이 황녀를 납치한 것과도 밀접한 관련이 있을 것이 분명했다.

그레이너와 아비게일은 그 관련이 클레어가 아까 했던 말에 있지 않을까 여겨졌다.

'포이즌 우드 대륙과 파고타니아 세상에 영향을 미치는 일.'

결론은 황녀가 비밀의 열쇠고 그녀가 로젠블러에게 가는 것을 막기 위해 이러는 것이 분명했다.

"그레이너."

순간 아비게일이 그레이너를 불렀다.

그레이너의 시선이 그녀에게 향하자 아비게일이 눈으로 말했다.

'우리도 저들을 쫓아야 해요.'

그녀도 지금 무엇이 중요한 건지 깨달았다.

지금 중요한 건 로젠블러를 상대하는 것이 아니라 안드레아 황녀를 구하는 것이었다.

그렇기에 같이 가자는 뜻이었다.

당연히 그레이너는 그 의미를 알았다.

하지만 그는 고개를 저었다.

"……"

그레이너의 대답에 아비게일의 표정이 의아하게 변했다.

그가 이러는 이유가 이해되지 않는 것이다.

아비게일은 그런 그레이너를 바라보다가 몸을 날렸다.

그녀 역시 안드레아 황녀를 구하는 일에 뛰어들기로 한 것이다.

결국 그곳에 있던 대부분이 사라졌다.

소냐가 안드레아 황녀를 데리고 자리를 뜨면서 클레어 등과 함께 어쌔신들도 모두 같이 따라간 것이다.

남은 것은 세 사람.

그레이너, 로젠블러, 데미안이었다.

"……."

그레이너의 시선이 로젠블러를 향했다.

의아하게도 로젠블러는 자리를 뜨지 않고 있었다.

상황을 봤을 땐 분명 안드레아 황녀는 그에게 중요한 인질이기에 따라가려는 것을 막거나 같이 갔어야 했는데 가만히 자리를 유지했다.

그것이 그레이너에게는 부담으로 다가왔다.

능력을 사용하지 못하는 한 그 혼자서는 로젠블러를 어쩌지 못할 듯했기 때문이다.

그런 그의 마음을 안다는 듯 로젠블러가 말했다.

"내가 가지 않아서 의아한가?"

"솔직히 그렇소이다."

"그 이유는 간단하다. 바로 너 때문이다, 그레이너."

"……."

그레이너의 눈빛이 살짝 흔들렸지만 당황하진 않았다.

로젠블러가 자신의 정체를 알고 있을 거라고 어느 정도 예상하고 있었기 때문이다.

"이유를 모르겠군요. 마스터에게 중요한 건 안드레아 황녀 아닙니까?"

"그녀가 내게 중요한 건 맞지만 걱정은 하지 않는다. 소녀가 데리고 있다면 빼앗기지 않을 테니까."

이내 로젠블러가 시선을 뒤로 하더니 데미안을 바라봤다.

"저자를 어떻게 생각하느냐?"

그레이너는 담담하게 답했다.

"글쎄요. 그걸 왜 제게 묻는지요?"

"후후, 그럼 네게 묻지 누구에게 묻겠느냐. 저잔 네 쌍둥이 형제 아니더냐."

"……!"

그레이너의 눈이 커졌다.

그는 진심으로 정말 놀랐다.

"왜? 내가 알고 있는 것에 놀랐느냐?"

"……."

"넌 네 스승을 빼고 네 진짜 얼굴을 알고 있는 사람이 없다고 생각했겠지. 하지만 아니다. 사실 나 역시 네 진짜 얼굴을 알고 있다."

그레이너의 얼굴이 굳어졌다.

"브로디에게 네 소식을 듣고 왜 아즈라 왕국을 돕고 있었는지 이해가 가지 않았다. 그러다 연합 회담의 연회에서 저자를 보자 알 수 있었지. 혈육을 위해 그랬다는 걸."

'좋지 않다.'

그레이너는 최악의 상황이 닥쳤음을 느꼈다.

데미안의 존재가 알려졌을 때 가장 위협이 되는 사람이 바로 로젠블러였다.

한데 그런 로젠블러가 알게 되었고 인질로 잡기까지 했으니 그야말로 최악이 아닐 수 없었다.

로젠블러는 그레이너가 혼란스러워하는 것을 알고 말했다.

"지금부터 네게 질문을 한 가지 할 거다. 거기에 진심으로 대답하면 너와 네 동생을 살려주마."

"……."

"그레이너, 날 돕겠느냐?"

의외로 간단한 로젠블러의 질문에 그레이너는 잠시 가만히 있었다.

로젠블러를 돕는다는 건 아까 말한 것과 관련이 있을 것이 분명했다.

때문에 어쩌면 엄청난 일에 말려드는 걸지도 몰랐다.

하지만 그렇다고 거부하기도 힘들었다.

데미안의 목숨이 달린 일이기 때문이다.

'왠지 암흑의 대마법사가 했던 말이 생각나는군.'

예전 암흑의 대마법사 제라딘이 그레이너에게 그랬다.

변화의 소용돌이에 로젠블러가 있고, 언젠가 로젠블러에 의해 선택을 해야 될 거라고.

그 결정에 의해 자신과 곁에 있는 모든 이의 운명이 결정될 거라 말했었다.

그레이너는 제라딘이 한 말이 왠지 지금 이때를 예감하고 한 말 같았다.

그 기억이 떠오르자 왠지 그레이너는 더욱 결정하기가 힘들었다.

그런 그레이너의 마음을 아는지 모르는지 로젠블러는 가만히 쳐다보기만 했다.

잠시 후, 그레이너는 결정을 내렸고 굳은 표정으로 말했다.

"당신을… 따르겠습니다."

그의 결정은 결국 로젠블러와 함께하겠다는 것.

데미안을 살리기 위해서 어쩔 수 없는 결정을 내린 것이다.

"후후후후."

그 대답에 로젠블러가 나지막한 웃음을 지었다.

이윽고 그가 말했다.

"그레이너, 난 블랙 클라우드의 모든 이들을 가르쳤다. 너희는 내 존재를 알지 못했지만 난 모두 알고 있었다. 너에 대해서도 말이야."

"……."

"실망스럽구나. 내가 그 정도에 속을 거라 생각했다니."

"……!"

그레이너의 눈이 커졌다.

"무슨 소립니까, 난……!"

휘리릭!

턱!

"커, 컥! 형……."

순간, 뒤쪽에 있던 데미안이 앞으로 날아오더니 로젠블러의 손에 빨려 들어갔다.

로젠블러는 데미안의 목을 잡은 채 그레이너를 향해 내밀었고, 공중에 매달린 데미안은 결박된 몸으로 허우적거렸다.

"아니라고 말해도 소용없다. 네 눈이 말하는 진실이 바로 그것이니까."

"아, 아니……!"

"잘 가거라."

푸확!

우드드득!

"끄아아! 혀어어엉!"

로젠블러의 오른손이 데미안의 가슴으로 튀어나왔다.

등 뒤를 뚫고 들어가 심장을 뽑아 밖으로 나온 것이다.

"아… 아… 안 돼……."

그레이너는 그것을 믿기지 않는 눈으로 바라봤다.

마치 꿈인 것처럼 사실이 아니길 바라는 마음으로 말이다.

"혀어…어…엉……."

데미안의 눈꺼풀이 힘을 잃어 갔다.

눈에선 눈물이 흘렀고 목소리가 줄어들었다.

그의 시선은 그레이너를 보려했지만 뿌옇게 변하는 것을 막을 수가 없었다.

그리고 숨을 거두기 직전.

뿌각!

로젠블러가 오른손에 쥔 데미안의 심장을 움켜쥐었다.

심장이 터지며 박살이 났고 결국, 데미안의 고개가 힘없이 떨어졌다.

"안 돼에!"

쉬아악!

그레이너가 시뻘게진 눈과 얼굴로 달려들었다.

그리고는 마치 미친 사람처럼 로젠블러에게 검을 휘둘렀다.

휘익!

쿠당탕!

로젠블러는 데미안의 시신을 쓰레기 버리듯 던져버렸다.

그러더니 몸을 회전시켜 그레이너의 공격을 피함과 동시에 검을 올려쳤다.

서걱!

그레이너의 왼팔이 잘리면서 멀리 날아가 버렸다.

하지만 그레이너는 신경쓰지 않았다.

그는 로젠블러만 죽일 수 있다면 자신의 몸 따위는 어찌되든 상관없다는 듯 마구잡이로 공격했다.

당연히 그런 것이 로젠블러에게 먹힐 리 만무했다.

챙!

로젠블러는 그레이너의 검을 쳐내면서 오른 다리를 공격했다.

그레이너는 이것도 막지 못했다.

스각!

오른 다리가 허벅지 안쪽까지 베이면서 거의 떨어져 나갈 듯 덜렁거렸다.

왼쪽 다리만 힘을 쓸 수 있었고 균형을 잡기 위해 허우적댔다.

로젠블러는 그것을 그냥 두고 보지 않았다.

그레이너의 가슴으로 발차기를 내질렀다.

픽!

"크헉!"

쿠당탕!

결국 그레이너는 쓰러지고 말았다.

한데 그 순간, 그레이너가 쓰러지자마자 고개를 오른쪽으로 돌렸다.

푹!

로젠블러가 검을 내려찍었다.

그것을 고개를 돌려 피한 것이다.

검은 땅에 박히고 말았다.

그그극!

까강!

그러자 로젠블러가 검을 땅에 박은 채로 옆으로 그으려 했다.

그레이너는 그것을 막기 위해 검으로 왼쪽에 가져다 댔다.

가가각!

스으윽.

하지만 힘이 모자랐다.

검은 점점 다가왔고 이내 그레이너의 목 왼쪽을 파고들었다.

"크으윽!"

그레이너는 막기 위해 안간힘을 썼지만 로젠블러의 힘이 너무 강했다.

거기다 왼팔이 잘려 한 팔밖에 없기에 두 손으로 밀고 들어오는 것을 막기엔 역부족이었다.

결국 그레이너의 목이 서서히 잘렸다.

천천히, 조금씩 말이다.

그것을 보면서 로젠블러가 말했다.

"이제 거의 마무리가 되어가는구나. 그렇다면 너에게 준 것을 가져가도록 하겠다."

푸욱!

"끄으윽!"

로젠블러는 알 수 없는 말을 하더니 갑자기 왼손을 그레이너의 마나홀에 꽂았다.

그러자 놀라운 일이 벌어졌다.

슈우우우우!

그레이너의 마나홀에서 검은 기운이 뿜어져 나오더니 로젠블러에게로 옮겨가는 것이 아닌가.

"으으윽!"

그레이너는 찢어질 듯 커진 눈으로 고통스런 신음 소리를 흘렸다.

더불어 그의 피부가 점점 생기를 잃어가고 있었다.

"그림자 군주가 많은 발전을 이루었구나."

로젠블러가 만족스런 미소를 지었다.

그리고 그가 한 말에서 그레이너에게서 뽑아내는 검은 기운의 정체를 알 수 있었다.

바로 그림자 군주 능력이었다.

로젠블러는 그림자 군주 능력을 빼앗아 가고 있었던 것이다.

로젠블러에게 옮겨가는 검은 기운의 양은 점점 더 많아졌고 반대로 그레이너의 신체는 점점 시들시들해졌다.

마치 죽어가는 꽃처럼 말이다.

쑤욱!

결국 잠시 후, 모든 기운이 뽑아내자 로젠블러가 손을 빼냈다.

그리곤 그레이너를 바라봤다.

그레이너는 푸르죽죽한 피부에 완전히 생기를 잃었다.

모든 것이나 다름없는 그림자 군주 능력을 빼앗기면서 완전히 힘이 사라진 것이다.

가각······.

그럼에도 그레이너는 아직까지 목을 자르고 들어오는 로젠블러의 검을 덜덜 떨며 막고 있었다.

목은 이제 반 이상을 자른 상태였다.

그런 그레이너를 보며 로젠블러가 말했다.

그것이 그레이너가 들은 마지막 말이었다.

"잘 가거라."

서걱!

결국 그레이너의 목이 잘렸다.

데미안이 죽은 것도 모자라 그레이너까지 로젠블러에게 당한 것이다.

쉬릭!

착!

로젠블러는 검을 휘둘러 피를 털어낸 후 다시 검집에 집어넣었다.

그리고는 망설임 없이 몸을 날렸다.

그 방향은 소냐와 클레어 등이 향한 곳이었다.

"이럴 수가!"
로젠블러가 사라진 산중턱.
얼마 후 누군가가 나타났다.
바로 데이빗과 전투를 벌이다 사라진 데비아니였다.
데비아니는 산중턱에 아무도 없자 처음엔 상황을 파악했다.
그러다 데미안의 시체를 발견하자 놀랐고 마지막으로 그
레이너의 시신을 보자 경악했다.
"그레이너."
그녀는 끔찍하게 죽은 그레이너를 보고 믿기지 않는 얼굴
을 했다.
그러다가 서서히 표정이 변하는 것이 아닌가.
이윽고 고개를 든 그녀의 얼굴엔 분노가 자리 잡고 있었다.
"로젠블러……."
그녀는 로젠블러의 이름을 뇌까리더니 다시 그레이너를
바라봤다.
그리곤 주문을 시전했다.
"텔레포트."
그와 함께 그녀의 모습이 사라졌다.

또 다시 시간이 흘러 어두워질 때 쯤.

타탓!

두 명의 인영이 나타났다.

바로 아비게일과 테스였다.

두 사람은 주변을 둘러봤다. 그리고 역시나 그레이너를 발견했다.

"그레이너!"

"이런!"

그레이너의 처참한 모습에 두 사람은 인상을 찌푸렸다.

특히 아비게일은 아랫입술을 깨물며 복잡한 표정을 지었다.

죄책감과 미안함이 섞인 그런 감정이었다.

테스가 아비게일에게 말했다.

"그레이너가 죽은 소식을 동료들에게 말해야겠어요."

"그러세요. 난 왕국으로 돌아가죠."

"차후 연락하도록 하죠."

"네."

테스는 이내 인사를 하고는 다시 몸을 날렸다.

"……."

아비게일은 바로 떠나지 않고 잠시 동안 그레이너를 바라봤다.

그러더니,

"미안해요."

그 말을 끝으로 그녀 역시 사라졌다.

그렇게 모두 사라지고 산중턱은 다시 정적에 휩싸였다.

산중턱에 어둠이 깔렸다.

완전히 밤이 되었고 많은 시체로 인해 음습함이 스멀스멀 피어오르고 있었다.

거기에 늑대와 부엉이가 울자 음산함은 더욱 커져갔다.

그극… 그극…….

그때, 정적에 쌓인 산중턱에 이상한 소리가 은은하게 울려 퍼졌다.

마치 무언가가 끌리는 소리였는데 누군가 있다면 소름끼친다 말할 정도였다.

그극… 그극…….

소리는 점점 커졌다.

하지만 어두운 밤이라 무엇이 내는 소린지 알 수 없었고 보이지도 않았다.

그극, 그극.

그런데 어느 순간, 달빛이 내리쬐는 바닥을 무언가가 지나쳐 갔다.

그것은 놀랍게도 누군가의 팔이었다.

팔 한쪽이 저절로 움직이고 있었던 것이다.

팔은 잠시 후 움직임을 멈췄다.

바로 어떤 시체 앞에서.

팔이 그 시체를 잡았다.

그러자 이상한 일이 벌어졌다.

어둠 속으로 시체가 서서히 잠겨드는 것이 아닌가.

마치 늪 속에 천천히 빠져드는 것처럼 말이다.

결국 얼마 되지 않아 팔과 시체가 완전히 어둠속으로 사라졌다.

그야말로 괴이한 현상이 아닐 수 없었다.

그런데 잠시 후,

푸확!

시체가 잠긴 어둠 속에서 오른팔이 튀어나왔다.

그리고 뒤이어 왼팔이 나왔다.

두 팔은 바닥을 짚더니 힘을 주기 시작했다.

그러자 누군가가 어둠을 뚫고 모습을 드러냈다.

머리부터 목, 몸통, 다리 순으로.

결국 완전히 밖으로 나온 자는 휘청거리며 힘들게 중심을 잡았다.

그자는 눈을 뜨고는 주변을 둘러봤다.

그러더니 입을 뗐다.

—소멸되지 않았군.

한데 그 목소리가 철을 긁는 것처럼 가히 듣기가 좋지 못했다.

그때 그자가 다시 말했다.

—운이 좋았어. 팔이 잘리지 않았다면 완전히 소멸되고 말았을 거다.

그런데 처음 나온 목소리와 달랐다.

이번엔 부드럽지 않은가.

그리고 놀랍게도 그자의 입에서 또 다른 목소리들이 흘러나오기 시작했다.

—그레이너는 어떠냐?

—심연으로 잠겨들었다.

—다시 깨어나기까지 오랜 시간이 걸리겠군.

—그나저나 이렇게까지 당할 거라곤 상상도 하지 못했군.

—치명적이야. 그림자 군주 능력을 빼앗겼으니.

—로젠블러다. 같이 대항하던 녀석들이 약속을 깨고 사라진 이상 이런 결과는 예상했었어야지.

—그레이너도 따라갔어야 해.

—어쩔 수 없지. 동생과 관련된 일이었으니.

—흥, 가족이란 귀찮기만 한 것. 데미안이란 녀석이 없었으면 이런 꼴이 되지도 않았겠지.

—모두 그만. 어차피 벌어진 일, 그만하자고.

그자의 입에서 흘러나오는 목소리는 전부 다른 목소리였다.

어떻게 그것이 가능한지 알 순 없지만 소름끼치는 것만은 사실이었다.

—몸이 완전히 망가졌다. 복구해야 해.

—방법은 한가지밖에 없지.

—결국 그곳으로 가야겠군.

—그래. 절대 가지 않으려 했던 그곳으로 우린 돌아가야 해.

—그럼 가도록 하지. 그전에 해야 할 일을 하고서 말이야.

그자는 그 말과 함께 근처의 시체를 향해 움직였다.

그리고는 한 시체 앞에서 발길을 멈췄다.

바로 데미안의 죽은 시신 앞에.

이내 그자는 데미안을 어깨에 짊어졌다.

그러더니 말했다.

—먼 길이 되겠군.

결국 그자는 어딘가를 향해 걸음을 옮겼다.

아주 힘들고 위태로운 걸음걸이로.

그렇게, 그자 역시 어딘가로 사라졌다.

어둠 속으로…….

『죽은 자들의 왕』 9권에 계속…

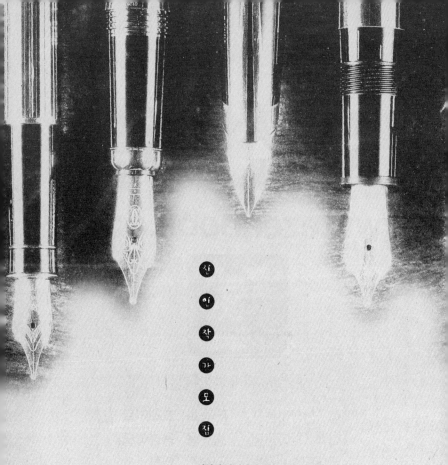

신
인
작
가
모
집

시작이 반이라고 했습니다.
작가의 길에 대한 보이지 않는 벽을 과감히 깨뜨리십시오!
청어람은 작가 지망생 여러분들의
멋진 방향타가 되어드리겠습니다.

저희 도서출판 청어람에서는
소설 신인 작가분들을 모집합니다.
판타지와 무협을 사랑하시는 분들의 많은 참여를 바랍니다.
소정의 원고(A4용지 150매)를 메일이나 우편으로 보내주시면
검토 후 출판 여부를 알려드리겠습니다.

주소:경기도 부천시 원미구 심곡2동 163-2 서경B/D 2F 우편번호 420-822
TEL:032-656-4452 · **FAX**:032-656-4453
http://www.chungeoram.com
e-mail:chungeoram@chungeoram.com

**수십 년 전, 용병왕의 등장으로 생겨난
왕국과 용병의 세계.
평소엔 한없이 가볍지만 화나면 누구보다 무서운,
놀고먹고 싶은 그가 돌아왔다!**

하지만 바람과는 달리 과거 그의 앙숙과 대륙의 판도는
도저히 그를 놓아주질 않는데…….

"용병은 그냥, 돈 받고 칼을 빌려주는 놈들이니까."

그의 용병 철학은 단순했다.

"물론, 누구에게 빌려주느냐가 문제겠지?"

도시의 주인

말리브 장편 소설
FUSION FANTASTIC STORY

말리브 작가의 신작 현대 판타지!

죽기 위해 오른 히말라야.
그러나, 죽음의 끝에 기연을 만나다!

『도시의 주인』

다시 한 번 주어진 운명.
이제까지의 과거는 없다!

소중한 이를 위해! 정의를 외친다!